KB101991

빠라끌리또

paráclito

빠라끌리또 2

가프 장편 소설

초판 1쇄 찍은 날 § 2015년 12월 8일
초판 1쇄 펴낸 날 § 2015년 12월 15일

지은이 § 가프
펴낸이 § 서경석

편집책임 § 한준만

펴낸곳 § 도서출판 청어람
등록번호 § 제387-1999-000006호
등록일자 § 1999. 5. 31
어람번호 § 제1-2308호

주소 § 경기도 부천시 원미구 부일로 483번길 40 서경B/D 3F (우) 14640
전화 § 032-656-4452 팩스 § 032-656-4453
http://www.chungeoram.com
E-mail § chungeorambook@daum.net

ISBN 979-11-04-90551-3 04810
ISBN 979-11-04-90549-0 (세트)

paráclito

빠라끌리또

<2> 가프 장편 소설

도서출판 청어람

paráclito

빠라끌리또

CONTENTS

1장

다시 태어난 송 검사

따당따당!

우수수 벽이 깨지면서 먼지가 일었다.

"미친……."

옹벽에 구멍이 휑하니 뚫릴 무렵, 양 부장이 거친 소리를 쏟아냈다. 아무것도 나오지 않은 것이다.

"허어!"

한숨을 쉬기는 오 부장도 마찬가지였다. 이 무슨 해괴한 소동이란 말인가? 기대감 만땅이던 승우의 얼굴도 점차 흙빛으로 변해갔다.

지금까지는 좋았다. 검사가 된 이후로 가장 좋았다. 다른 때는 뇌물 우산을 공유함으로써 마지못해 받은 칭찬이었지만 오늘은 순도 높은 실력으로 받은 칭찬이었기 때문이다.

그런데 그게 다 날아갈 판에 처했다. 아니, 제 버릇 개 못 준다고 또 실없는 짓으로 평판만 완전 구려질 판이다.

"다 깠는데요?"

불난 집에 부채질이라도 하는 듯 포클레인 기사가 승우를 바라보았다.

"거기 아래로 좀 파봐요!"

승우가 소리쳤다. 이렇게 되면 오기 싸움이다. 말하자면 어차피 버린 몸이라고나 할까?

"그만둬! 당신, 당장 이리 못 내려와!"

"더 까요! 아래쪽으로!"

양 부장과 승우는 이제 감정싸움으로 치닫고 있었다. 포클레인 기사는 잠시 주저하다 아래쪽을 겨누었다. 그 역시 승우의 성질머리를 아는 바, 그쪽 말을 듣는 게 신상에 이롭다고 판단한 모양이다.

떠덩떵떵!

"그만해!"

껑껑껑!

"뭐 하나, 저 인간 끌어내리지 않고!"

양 부장이 몰려든 청원경찰들에게 소리를 질렀다. 결국 청원경찰들이 포클레인을 막아섰다.

"……!"

벽에는 먼지가 가득했다. 동시에 승우의 가슴에도 먼지가 가득했다.

'역시 송충이는 솔잎을 먹어야?'

승우의 입에서 쓴 미소가 나왔다.

혼이 어쩌고 한 말을 다 믿은 게 잘못이었다. 승우가 그 비난의 화살을 막 민민에게 겨누려는 찰나였다. 담장의 먼지가 걷히는가 싶더니 청원경찰 하나가 비명을 질러댔다.

"으아악!"

동시에 사람들의 시선이 그쪽으로 쏠렸다.

"사람 뼈 같습니다."

백골!

사람 뼈가 나왔다.

옹벽의 시멘트 사이에서 굳어버린 옷가지와 유골. 아주 명백한 사람이었다.

"비켜!"

승우는 보란 듯이 청원경찰들을 밀치고 유골을 바라보았다. 반가웠다. 사자(死者)에게는 미안하지만 아무튼 승우의 마음은 그랬다. 유골을 확인한 승우는 지검장과 간부들을 향해 깍듯한 일성을 날렸다.

"당초 제 판단보다 50센티미터가 빗나갔군요! 좀 더 정확성을 기하지 못해 죄송합니다!"

50센티미터.

이보다 더한 변죽 울리기가 또 있을까?

승우는 보았다. 지검장과 허 차장, 그리고 양 부장, 아니, 그 뒤로 몰려든 수많은 직원들까지 벌린 입을 다물지 못하는 걸.

'아자!'

승우는 아무도 몰래 쾌재를 불렀다. 온갖 권위와 유세를 액세서리처럼 주렁주렁 달고 계신 간부들. 그들에게 통렬하게 한 방 먹여준 것이다.

지검이 발칵 뒤집혀 버렸다. 오전이 가기도 전에 실종 사건을 대충 넘긴 경찰들이 불려왔고, 한쪽 조사실에는 살인범 둘이 체포되어 왔다.

중국인 살인범 중 하나는 재수가 없었다. 하필이면 본국으로 들어갔다가 두 달 전에 다시 한국에 재취업하기 위해 나온 것이다.

17년 전 사건.

과거 같으면 공소시효가 15년이라 죄를 물을 수 없겠지만 고맙게도 시효가 25년으로 늘어났다. 그러니 그들은 완전범죄로 여기던 죗값을 이제야 받을 형편이다.

둘은 애당초 완강하게 범행을 부인했다. 하지만 승우가 면도날같이 추궁하자 결국 입을 열었다. 시멘트벽에 묻혀 감쪽같이 지나갔을 완전범죄가 파헤쳐지는 순간이었다.

물론 부작용이 있었다. 바로 양 부장이었다.

"어이, 송 검사, 잠깐 보자고!"

승우가 조서 작성을 끝내자 양 부장이 찾아왔다.

"부장님이 웬일로……?"

승우는 시치미를 뗐다.

"의도가 뭐야?"

"의도요?"

"아니면 배후?"

"그런 거 없는데요."

"없는데 20년이 다 되어가는 사건을 이제 와서 파?"

양 부장이 눈알을 부라렸다. 자신이 투신자살로 끝낸 사건. 그게 살인 사건으로 바뀔 판이니 심기가 편할 리 없었다. 하지만 승우는 이미 대비책을 갖고 있었다.

"그게 아니고 투서가 들어와서요."

"투서?"

승우는 종이 한 장을 내밀었다. A4지에 쓰인 빽빽한 워드 프로세서. 여학생의 친척을 가장한 사람이 흉몽에 시달리다 보낸 것으로 꾸민 것이다.

"투서 하나 믿고 그랬단 말이야?"

"그냥 무시했다가 감찰반이 나서는 것보다는 나을 것 같아서요."

"끄응!"

양 부장은 심기가 불편하지만 더는 승우를 족치지 못했다. 그가 돌아서자 승우는 피식 웃음을 머금었다. 그의 행운이었다. 더 족치면 승우는 별수 없이 족보를 뽑아 들 판이었다. 양 부장의 크고 작은 비리가 적힌 비장의 카드. 승우에게는 그게 있었다.

두 번째는 여학생 살인범이었다.

신분은 정부 투자기관의 부원장.

권력을 가진 기관이라 직급보다 위상이 높은 곳.

한마디로 초거물급이었다.

그는 당시 대기업의 이사로 재직하다 정부기관의 외부 경영인 공채를 거치며 권력에 선이 닿아 잘나가고 있는 사람 중하나였다.

그만큼 벅찬 상대인데 거물 변호사까지 달고 왔다. 단순히 참고인 조사라고 했음에도 불구하고 응한 데에는 이유가 있었다. 승우가 팩트를 전달한 까닭이다. 이제는 잘나가는 고관대

작. 그러니 흠이 생길 일은 사전에 막을 속셈이었을 것이다.

'누구 겁주나?'

김 부원장을 보는 순간 승우는 여학생의 아기가 떠올랐다. 빌어먹게도 아기는 이 인간을 빼다 박은 붕어빵이었다.

"애란이라고… 8년 전 부원장님이 이사로 있던 기업의 사환이었는데 죽였죠?"

승우는 정공법을 택했다. 느닷없이 돌직구를 날린 것이다. 그 때문에 옆에 있던 수사관까지 기겁했다.

"내가 듣기로는 참고인으로 온 걸로 아는데 내가 지금 피의자 신분이오?"

부원장의 목소리에 힘이 잔뜩 들어갔다.

"그건 내가 결정합니다."

처음부터 승우와 김 부원장의 치열한 기 싸움이 시작되었다.

"검찰이 이런 식으로 증거도 없이 사람을 매장시키려 하면 곤란하지. 이런 치졸한 일을 꾸민 배후가 누구입니까? 누가 모함을 하는 모양인데 나도 그냥 당할 사람은 아니오."

김 부원장은 각을 세우고 응수했다. 이미 권력의 맛을 본 사람. 그 뒤에는 분명 지인들이 즐비할 것이니 검사 정도는 감당할 만하다고 여긴 것이다.

승우가 보니 눈동자부터 완전 밥맛. 노란 물에 빨간 핏발이

선 눈을 본 승우는 조사실에 배석한 수사관을 내보냈다. 본격적으로 한판 떠볼 생각이다. 그러자면 수사관부터 제거해야 했다. 그들이 있으면 운신의 폭이 좁아졌다.

"그러니까 당신은 범인이 아니다?"

승우가 양복 상의를 벗었다.

"그런 여학생은 기억에도 없습니다."

부원장은 미동도 하지 않았다.

"여학생이 임신한 것도 몰랐겠네?"

승우는 슬쩍 반말로 돌아섰다. 사실 이건 승우의 주특기였다.

"그야 물론!"

"그럼 그 여학생은 누가 죽인 거야?"

"이봐요, 검사님. 턱도 없는 소리 하려거든 돌아갈 테니 내 변호사를 불러주시오."

방귀 뀐 놈이 성질낸다더니 적반하장도 유분수다. 듣고 있던 부원장이 눈을 부릅떴다. 대동한 변호사를 믿는 표정이다. 그러고 보니 변호사는 검찰청에 들어서기 무섭게 부장들 이름을 들먹여 댔다. 지방의 지검장도 줄줄이 호명했다. 자기 사시 동기라는 거였다.

'전관예우!'

그걸 강조한 것이다. 그걸 신뢰하는 부원장. 결백을 주장한다는 게 오버하고 말았다. 이유는 그 변호사가 호명한 이름 중에 국종도 고검 차장이 있었기 때문이다. 그가 국종도를 안다면 국종도도 그를 안다. 비리검찰의 살아 있는 교과서 국종도. 그 이름이 나왔으니 게임은 끝난 일이었다.

승우는 피식 냉소를 뿜었다. 비리나 커넥션이라면 검찰 조직 안에서 수석을 달리고도 남을 승우. 부원장은 그걸 모르고 있었다.

"마지막으로 묻는데, 그 여학생 모른다?"

"그렇소."

쫙!

승우의 손이 바람을 갈랐다. 이번에는 따귀를 갈겨 버린 것이다. 부원장의 눈이 불꽃을 뿜으며 치를 떨었다. 치욕과 모멸감. 이건 일부 검사들이 비공식적으로 쓰는 전략이다. 의외로 이 전략에 무너진 지식인과 고관대작이 엄청나게 많았다.

늘 승승장구하며 엘리트 코스를 달려온 일등 두뇌와 석학들. 그런 그들에게 인간 이하의 모욕과 대우는 생소하고도 참기 어려운 일이기 때문이다.

"눈 깔아!"

"이, 이봐요, 당신 지금……."

"눈 깔라고, 개자식아!"

승우는 주특기를 십분 발휘하며 얼굴을 바짝 들이밀었다.

이쯤 되면 궁금할 사람이 많을 것 같다.

검찰이 사람을 패면 되느냐고?

물론 된다.

지금 세상이 그런 세상이냐고?

물론 그렇다.

인권이 어쩌고 하지만 그건 검사 나름이었다. 더구나 승우라면 감찰반이나 조직의 징계, 경고장 따위에는 눈도 깜짝할 인간이 아니었다.

"왜? 당신 변호사 불러줘?"

"그렇소."

여전히 꿈쩍도 않는 피의자.

"당신 변호사 이름이 뭐라고?"

"노태웅."

"노태웅? 어디 보자."

승우는 품에서 족보를 꺼냈다. 멀리 갈 것도 없었다. 이니셜 ㄴ. 그렇다면 ㄱ 다음에 나오는 이름이다.

"여기 있군. 노태웅."

승우는 국종도에게서 받은 족보 수첩을 펼쳤다. 짐작대로 그의 스펙도 줄줄이 기록되어 있다. 옛날 사람이니 전별금 문제도 있었고 이권 개입, 후배 검사에게 불법 압력, 기타 사건 무마 청탁 등이 낱낱이 적혀 있었다. 그렇잖아도 양 부장에게 수첩을 써먹지 않은 아쉬움이 남이 있던 승우다.

수첩을 확인하고 섬뜩한 미소를 머금자 부원장이 고개를 갸웃거렸다. 뭐야, 이 또라이 풍의 검사 새끼는? 그의 눈은 그렇게 말하고 있었다.

"불러!"

승우가 문을 가리켰다.

잠시 후에 변호사가 씩씩거리며 들어섰다.

"이봐, 송 검사. 당신 지금 제정신이야? 이건 인권 보호……!"

핏대를 올리던 변호사는 승우가 내민 수첩을 보더니 하얗게 질려 버렸다.

"꺼지삼!"

승우는 그가 들어온 문을 가리켰다. 얼굴이 벌겋게 상기된 변호사는 부원장을 향해 울상을 짓더니 하는 수 없이 조사실을 나갔다.

"노 변호사!"

부원장이 앉은 자리에서 소리쳤다.

퍽!

이번에는 결재판이 부원장의 머리를 강타했다.

"다른 잘나가는 변호사 있으면 더 불러오던가?"

승우가 변죽을 울렸다. 그래도 부원장은 큰 동요가 없었다.

검사 임용 이후로 처음 보는 독종이자 냉혈한이다.

"하긴 그 나이쯤 되면 머리가 녹슬어서 잘 생각이 안 날 수도 있어. 내가 다시 한 번 리바이벌 해드릴까? 나도 알고 보면 참 친절한 검사거든."

"……."

"당신, 그 당시 그 건물 회사에 자리 잡은 대기업에 이사로 있었지? 그때 사환으로 온 어린 여학생, 만만해 보였겠지. 친절을 베푸는 척하며 접근해 마수를 뻗치고 데리고 놀았는데 이걸 어쩌나? 욕정을 배설만 했지 여학생 생각은 전혀 고려 안 하셨어. 그래서 덜컥 임신이 되니 골치 아파졌지? 혹시라도 회사에서 알게 되면 킥!"

승우는 손바닥으로 부원장의 목을 긋는 시늉을 했다.

"더 중계해 줘?"

"……."

"에라, 이 도둑놈 새끼야. 대기업 이사 정도면 판공비도 엄청날 텐데 정 꼴리면 룸살롱이나 유흥가 가지 그 가여운 어린 학생한테 찔러대?"

퍽퍽퍽!

이번에는 연타로 세 방이었다. 그 탓에 안에 있던 서류가 줄줄이 흘러내렸다.

"당신……."

침묵하고 있던 부원장의 입이 천천히 열렸다.

"사람 잘못 골랐어. 반드시 후회하게 될 거야."

"……?"

부원장의 눈에서 안광이 터져 나왔다. 저주가 실린 듯 질린 느낌의 눈빛이다. 사태가 만만치 않음을 눈치 챈 승우가 잠시 주저할 때였다. 승우의 손목에 알큰한 반응이 전해왔다.

'민민?'

신경통 같은 건 없었다. 류마티스도 없다. 그러니 민민의 신호가 아니라면 손목이 시큰할 리가 없었다.

"잠깐 쉬라고."

승우는 부원장의 어깨를 두드려 주고는 화장실로 들어섰다. 민민을 위해 불은 켜지 않았다.

뽁!

머리카락 한 올을 뽑아 오른 손목에 놓았다. 그런데 미세한 바람이 생기면서 그냥 흘러내렸다.

'아, 진짜……'

머리카락 하나. 하루에도 200개나 빠진다는 그 머리카락. 정말 사소하지만 뽑을 때마다 성가시기만 했다. 그래도 침이나 코를 묻히는 것보다는 나았다. 검사 체면에 자기 손목에 침을 뱉을 수는 없는 일.

뽁뽁!

이번엔 실수로 두 개를 뽑았다. 인상이 긁어졌지만 하나를 놓았다. 손목에 제대로 닿았다. 두 개를 가졌다는 여유 때문이다. 뭐든 여유가 있을 때는 여유가 여유를 부르는 게 인생이다.

하르르!

민민이 나타났다. 밤처럼 그렇게 선명한 빛은 아니었다.

"네가 신호 보낸 거냐?"

"네."

민민이 바로 대답했다.

"왜?"

"저 사람 몸, 환신 아니면 빙의가 되었어요."

"뭐? 환신 아니면 빙의?"

"알죠?"

"……!"

안다.

알고도 남는다.

그 또한 무당인 어머니 덕분에 자세히도 주워 들은 승우이다.

환신이란 어떤 영혼이 자기의 육체가 아닌 다른 사람의 육체로 들어가 몸을 차지한 경우를 말한다. 무속에서는 달마대사조차 육체를 빼앗겼다는 설화가 전해올 정도였다. 그러나 그건 설화다. 그게 어떻게 가능하단 말인가?

게다가 빙의?

그건 흔한 말이니 굳이 설명도 필요 없다.

"나 지금 심각하거든. 그러니까 심심해서 장난친 거라면 그냥 들어가라."

승우는 쉰 소리로 말했다.

"장난 아니에요. 저 사람 안에 다른 혼령이 들었다니까요. 나는 알 수 있어요."

"진짜?"

"진짜예요. 더구나 육체를 차지한 지 오래되었어요. 그러니 그 혼령부터 제대로 제압해야 해요."

"어떻게? 권총을 머리에 대고 겁을 줄까, 아니면 십자가를 흔들거나 따귀를 몇 방 먹일까?"

승우는 여전히 건성이었다.

"그런 걸로는 안 돼요. 하얀 코끼리 아이라비타를 쓰세요."

"아이라비타?"

"두 번째 코끼리 정도면 될 거예요. 아니면 세 번째 코끼리를 쓰세요."

"어떻게?"

"하얀 저울을 저 사람 앞으로 가져오세요. 그런 다음 실내 소등을 하고 목곽을 열면 내가 도울 수 있어요."

"네가?"

"네."

민민은 작은 황금사자상을 꺼내 흔들었다.

대롱대롱.

허얼!

표정을 보니 장난은 아니었다. 하긴 민민이 언제 장난을 했던가?

승우는 반신반의하며 화장실에서 나왔다. 그 문에 기대 부원장을 바라보았다. 뒤통수, 등짝, 다리, 그리고 얼굴과 눈. 거기까지 짚어가던 승우가 눈을 멈췄다.

'눈.'

다른 건 몰라도 눈이 달랐다. 술을 마신 것도 아닌데 맛이 간 듯한 느낌이 있다.

'미치겠군.'

별수 없이 동그란 저울 목곽을 가지고 왔다. 그런 다음 조사실 문을 잠갔다. 혹시라도 도중에 누군가 문을 열면 웃음거리가 될 수 있었다. 하지만 승우 자신에게는 이미 웃음거리였다.

대한민국의 검사 송승우.

가만 보니 엄마보다 한 술 더 뜨는 무당 짓을 하고 있지 않은가? 범인 조사에 귀신이라니? 귀신을 쫓는 저울이라니?

푸허얼, 허어얼!

그러나 뾰족한 수가 없었다. 부원장은 작심하고 모르쇠로 나오는 인간. 더구나 잘나가는 정부기관의 고위간부. 나아가 피해자는 오래전에 죽어 사라진 몸. 거기에 더해 승우의 편은 고작 민민.

'민민.'

그건 정말 믿을 수도, 믿지 않을 수도 없는 존재가 아닌가?

'에라, 모르겠다. 기왕에 버린 몸.'

결국 승우는 흰 목곽을 테이블에 펼치고 실내 등을 껐다.

'서두르세요.'

귓전에 민민의 목소리가 들리는 것 같았다.

목곽!

열려고 하니 기분이 이상했다. 닿기가 무섭게 마음이 잔잔해지는 것이다. 가만히 목곽을 열었다. 그런 다음 세 번째 저울추 자리에 놓인 흰 코끼리를 꺼내 들었다.

순간 승우를 노려보던 부원장의 눈이 격하게 흔들리기 시작했다. 그와 동시에 조금 선명해진 민민의 빛이 날아와 흰 코끼리 위에 올라앉았다.

빛!

그다음부터는 빛의 성찬이었다. 두 개의 순백이 합쳐지자 아련한 고요와 평화가 빛으로부터 터져 나와 조사실을 달빛처럼 물들인 것이다. 순식간이었다.

"우어어!"

그러자 부원장이 바로 얼굴을 감싸고 비명을 지르기 시작했다. 그걸 시작으로 흰 코끼리가 폭풍 포효를 했다. 그냥 포효가 아니었다. 부원장의 몸을 회오리로 감싸고 압박하며 기세를 올렸다. 그러다 민민이 마침내 코끼리와 함께 부원장의 몸통 안으로 치고 들어갔다.

"……?"

오래 걸리지는 않았다. 부원장의 몸 안에 여명이 비치는가 싶더니 민민은 심장으로, 머리로 번갈아 튀어나왔다. 그때마다 흰 코끼리가 세 개의 머리로 세 줄기 빛을 뿜었다. 뭐라 형용할 수 없는 신비감, 그리고 신성(神聖)이 거기에 있었다.

뿌우우!

승우는 들었다. 쉴 새 없이 영혼을 울리며 몰아붙이는 코끼리의 포효. 그 포효가 오롯이 날아가는 방향을 따라 다른 코끼리에서도 은은한 연기가 뻗어 나갔다.

"꾸에에에!"

마침내 부원장이 몸을 비틀고 꼬며 괴수의 비명을 토해냈다. 소리만으로도 승우는 소름이 돋았다. 영혼을 비트는 악마의 소리였다.

쾅쾅쾅!

이 소리는 문에서 났다. 부원장의 비명을 들은 변호사와 수사관들이 달려온 모양이다.

"문 열어! 문 열라고!"

"송 검사님! 송 검사님!"

조사실 문이 부서져라 흔들렸지만 승우는 돌아보지 않았다. 아니, 그럴 겨를이 없었다. 지금 눈앞에 펼쳐지는 이 기막힌 광경에서 감히 어떻게 눈을 뗀단 말인가?

뿌오오!

흰 코끼리 아이라비타는 세 개의 머리를 흔들며 더욱 기세를 올렸다. 그러자 거품을 물고 발악하던 부원장의 심장 부근이 꿀렁거리는 게 보였다.

꿀렁꿀렁!

격렬했다. 자칫하면 그대로 터질 것만 같았다. 놀란 승우가 민민을 돌아보았다.

"그냥 두세요!"

코끼리 위에서 민민이 소리쳤다. 승우가 잠시 마른침을 넘기는 사이, 부원장의 가슴의 요동은 목을 타고 머리로 올라갔다.

'아아!'

승우는 자신도 모르게 신음을 토했다. 이강순의 머리를 연상하는 일이 일어난 것이다. 부원장의 머리가 마치 고무처럼 울컥울컥 주물럭거리고 있었다. 그리고 고통에 못 이긴 부원장이 기괴한 표정으로 벽에 머리를 찧기 시작했다. 마치 자기 머리를 자기가 부술 듯이.

빡빡빡!

'자해?'

승우는 비슷한 광경을 본 적이 있다. 기가 막히게 교활하던 어떤 피의자. 제멋대로 머리를 벽에 찧고는 승우에게 덤터기를 씌우려던 날. 물론 승우는 절대 당하지 않았다. 그 순간에 바로 녹화를 한 것이다.

하지만 지금은 아니었다. 녹화가 돌아가지 않는다.

그 우려는 민민이 씻어주었다. 흰 코끼리와 함께 들이쳐 부원장을 옭아매어 버린 것이다.

뿌워어!

흰 코끼리 세 머리가 약간의 시차를 두고 웅혼한 포효를 뿜었다. 그게 결정적이었다. 꿀렁거리던 부원장의 머리에서 요동이 멎나 싶더니 검은 혼령의 사악한 기운이 눈과 코, 입에서 튀어나왔다.

"……!"

놀란 승우는 의자와 함께 넘어갔다.

악귀였다. 흉측한 형상의 악귀. 신이 스트레스를 받은 날,

온갖 추한 것을 재료로 삼아 멋대로 주물러 놓은 듯한 형상은 차마 눈을 뜨고 볼 수가 없을 정도였다.

[끼에엑!]

악귀는 핏물과 먹물을 뚝뚝 흘리며 승우에게 다가섰다.

'저리 가!'

놀란 승우가 권총을 뽑아 들었다. 악귀가 두 팔을 들어 올리는 순간, 승우의 눈앞에 황금사자 친디가 날아들었다.

[꽤에엑!]

조사실을 지옥으로 만든 검은 악귀는 속절없이 친디에게 먹히고 말았다. 모든 것은 순식간에 일어난 일이었다.

"민민……."

승우는 차마 믿기지 않아 민민을 바라보았다.

"괜찮죠? 오래 붙어 있어서 그런지 생각보다 질긴 놈이었어요."

"그나저나 저 인간."

승우가 부원장을 바라보았다. 그는 테이블에 대책 없이 널브러져 있었다. 아주 드문 경우지만 검찰 조사실에서 조사를 받다 죽어나간 사람도 있다. 검찰 조사 중에 사망. 그건 심각한 일이다. 그 파장은 이루 말할 길이 없기 때문이다.

"죽은 건 아니에요. 곧 정신이 들 거예요."

민민은 피로한 모습으로 파리해져 흔들리더니 자취를 감췄다. 문이 열린 건 그때였다. 변호사의 등쌀에 수사관들이 비상키로 문을 딴 모양이다.

"당신, 불까지 끄고 뭐 하는 거야?"

승우에게 기선을 제압당했던 변호사, 그는 결정적인 약점을 잡았다는 듯 핏대부터 올렸다. 그리고 불이 켜졌다. 하지만 조사실의 분위기는 그의 기대와는 다르게 형성되어 있었다.

안은 비교적 조용하고 깨끗했다. 부원장이 의자에 기대 나른해 보이는 것, 하얀 목곽이 하나 놓인 것. 그것 외에는 변한 게 없었다. 난장판을 기대하고 들어온 그로서는 실망이 아닐 수 없었다.

"검사님······."

차도형 역시 어리둥절한 표정이다.

"부원장님, 괜찮습니까?"

변호사는 초점이 없는 부원장을 흔들었다. 부원장은 한참 후에야 정신이 돌아왔다. 정신이 돌아왔다? 승우는 재빨리 머리를 회전시켰다. 그렇다면 환신보다는 빙의가 옳았다.

"여긴······?"

그는 사방을 두리번거렸다.

"이 머리의 상처, 가혹 행위 맞죠?"

변호사가 부원장의 머리를 보며 캐물었다. 한 건 올렸다는 표정이다.

"아뇨. 이건……."

다행히 부원장은 고개를 저었다. 변호사가 낙담하는 게 고스란히 승우에게 읽혀졌다.

"자자, 이제 다들 나가주시지. 언제부터 검사가 혐의자 조사하는데 이런 소란을 피우게 되어 있나?"

승우가 준엄한 눈빛을 뿜었다. 부원장은 얼떨떨한 표정으로 상처에 대한 이의 제기가 없는 상황. 변호사는 두 번째 꼬리를 내리고 말았다.

"어떻게 된 거죠?"

사람들이 나가자 부원장은 주변을 돌아보았다.

'빙의, 그렇다면 그간의 일을 자세히 기억하지 못할 수도 있는 일.'

빙의의 개념을 알고 있는 승우는 처음부터 조목조목 부원장에게 설명하기 시작했다.

"아아, 그럼 그게……."

부원장은 고개를 저었다. 희미하게나마 기억이 돌아오는 모양이다.

"인정합니까?"

"예. 그게 현실이었군요. 십여 년 전인가… 어느 날부턴가… 내 몸의 주인이 바뀌었다는 생각이 들었어요. 나는 난데 내 몸이 내 의지로 움직이지 않는 겁니다. 그 일도… 꿈인 줄 알았는데… 내가 애란이를… 내가…….

빙의!

다른 혼령이 들어와 부원장의 정신을 장악했다. 그런 다음 그 몸을 가지고 자기가 하고 싶은 일을 했다. 좋게 보면 담대해진 것. 부원장은 처음에는 병원에도 가봤지만 별다른 이상이 없다고 하자 변한 성격을 즐겼다.

무당들의 말을 빌리자면 소위 색귀(色鬼)가 낀 형국이다. 색귀가 부원장 안에 자리하고 있는 악한 본성을 자극하여 그 몸을 빌려 자기의 색욕을 챙긴 것이다.

그걸 증명이라도 하듯 부원장은 여죄가 있었다. 이사 직속 비서와 현 기관의 비서실 여직원 둘에게도 간간이 약을 먹여 욕정을 배설했다는 것. 그 또한 꿈인 줄 알았으나 확인해 보니 현실이었다.

"아아……."

부원장은 고개를 떨구었다. 색귀가 사라지니 의식 저 아래에서 웅크리고 있던 원래의 기억이, 양심이 살아난 것이다.

"기왕 벌어진 일이니 변호사나 바꾸세요. 저 인간은 실력이 아니라 요령쟁이라 당신 상황을 제대로 반영하지 못할 겁니다. 대신 당신, 원래는 착한 사람 같으니 영장 청구할 때 문구나 구형은 참작해 드리지요."

"아……."

"그리고……"

승우는 자리에서 일어서며 뒷말을 이었다.

"애기는… 당신을 닮았더군요."

"……"

"당신 닮았더라고요."

"그걸 당신이 어떻게? 애란이는 아기를 낳기 전에……"

"그게 한이 되어 귀신이 되어 나를 찾아왔어요. 아기를 꼭 안은 채. 뭐 믿어도 그만, 안 믿어도 그만. 나도 사실 믿기지 않으니까요."

애기, 그 말이 부원장의 양심을 흔들었을까? 그의 눈에서 눈물이 격하게 쏟아져 내렸다. 그 자신도 어쩔 수 없는 사이에 색귀의 발광으로 벌어진 참극이다. 법으로 다스릴 사안은 아니었지만 피해자가 있고 범죄 사실이 명백하니 일단은 영장을 청구할 수밖에 없었다.

승우는 흰 목곽을 들고 돌아섰다. 이제는 수사관들이 뒤처리를 하면 되었다.

"검사님."

승우가 복도로 나오자 권오길과 차도형이 다가왔다.

"살인 자백했어. 마무리해."

오, 마이 갓!

그들의 눈은 그렇게 말하고 있었다. 뿐만 아니라 여기저기에서 구경 나온 직원들도 힐금힐금 시선을 던졌다. 그 표정엔 전과 달리 동경과 경외감이 가득했다.

"왜 그래? 입에 먼지 들어가잖아?"

"검사님!"

대표로 목소리를 떤 건 차도형이었다.

"이 사람들이 단체로 뭘 잘못 먹었나? 정상 참작이 될 만한 사람이니까 아까 중국인들 쪼듯 닦아세우지 말고 유 계장님처럼 융통성 있게 마무리해서 영장 청구해. 보고서도 수사의 일환이라는 거 명심하고."

승우, 목에 힘 한번 제대로 주었다.

"예, 검사님."

두 수사관이 정중히 묵례를 해왔다. 예전처럼 건성으로 하는 인사가 아니었다. 존경받는 상사. 모처럼 기분이 괜찮았다.

앞을 보니 복도가 툭 트여 보였다.

서광까지 눈부시도록 비추는 것 같다.

원조 비리 개막검 송승우 검사!

단 하루 만에 두 건의 사건을 해결해 버렸다. 아니, 김혁의 것까지 합치면 세 건이다. 더구나 보통 사건인가? 무려 살인 사건이다.

양심 불량 송 검사.

스마트 비리 송 검사.

국가대표 막장검사.

수많은, 그러면서도 영양가 없이 화려한 수식어만 주렁주렁 꼬리표로 달고 다니던 송승우. 그가 검찰 조직 안에서 새로운 위상을 선보인 날이었다.

*　　　*　　　*

'민민.'

책상에 앉은 승우는 손목을 쓰다듬었다. 눈앞에 놓인 흰 목곽을 보자 민민의 숭고한 느낌과 함께 황금사자상이 스쳐 갔다. 대체 얼마나 더 놀라야 하는 걸까? 이제 보니 민민의 능력은, 두 목곽 저울의 능력은 감히 상상 불허의 저편에 있는 것 같았다.

오늘만 해도 그렇다. 빙의라니? 무속인들의 구전으로나 내려오던 전설의 일이 현실에서 일어났다. 그런데 그건 필연코 환상이 아니었다.

귀신이 있다. 악령이 있다.

그렇다면? 엄마가 완전 뻘짓을 한 게 아니란 말인가?

'후우!'

한편으로는 신기하고 또 한편으로는 착잡하며 나아가 오싹 했다.

"검사님!"

전화를 받아 든 나수미가 승우를 불렀다.

"와이!"

승우는 목곽을 소중히 챙기며 물었다.

"박수무당 건 우병길 정신 감정 나왔는데요, 과거에 정신 병력으로 치료 기록도 있고… 정신 장애가 인정된답니다."

"그래?"

승우가 반색을 했다. 조금은 기대하던 일. 아무튼 이렇게 되면 승우가 꿈꾸던 시나리오대로 갈 길이 열린 셈이다.

—정신 이상 무속인의 정신 착란 살인.

—두 무속인의 빗나간 경쟁이 부른 참극.

—미스터리 무속인 참극, 정신 이상 동료의 소행으로 밝혀져.

마지못해 몇 가지 제목을 뽑아냈다. 사건의 정황을 정확하게 밝혀낸 승우. 그러나 세상은 승우 마음대로 되는 게 아니었다.

이강순의 빗나간 무속 욕심이 불러온 일대 참극. 그 와중에 희생된 어린아이들과 뮤뮤, 그리고 민민.

'젠장, 정치 사건이라 소설을 써야 하는 것도 아니고……'

승우는 고개를 저었다. 짜 맞추기 정치 사건도 아니다. 범행 사실을 몰라 추리를 한 것도 아니다. 모든 것을 낱낱이 알아낸 박수무당 살해 참극. 하지만 진실이라고 죄다 발표할 수는 없다는 것을 뼈저리게 체험하는 승우였다.

"아이들 유전자 검사는?"

"실종자 데이터와 맞춰진 유해는 연고자에게 인도되었습니다만 네 구 정도는 등록된 정보가 없어서……."

"수고했어."

이강순의 지하실에서 발견된 유해. 일부나마 부모에게 돌아간 모양이다. 최상은 아니지만 그리 나쁜 실적도 아니었다.

결국 김혁과 머리를 맞댄 끝에 최종 보고서가 완성되었다.

1. 어린아이들과 미얀마 모자는 무속에 심취한 이강순이 영적 능력 강화를 목적으로 살해.

2. 정신 착란 증세를 보이던 경쟁 무속인 우병길이 이강순을 살해.

3. 우병길은 정신병자이자 심신상실자, 따라서 기소할 수 없음.

4. 우병길은 정밀한 정신 감정을 위해 정신병원에 격리 조치.

최종 보고서를 받아 든 오 부장은 한동안 입을 열지 않았다. 대신 그의 시선이 세 검사에게 쏠렸다.

송승우, 김혁, 조기호.

오 부장은 내키지 않는 표정이었지만 수긍하는 수밖에 없었다. 우선 국과수의 부검 결과가 그랬다.

—무소견 부검.

그 아래 참고로 달린 이강순에 대한 견해.

—의학적으로 밝혀지지 않은 특이체질일 수 있음.

이강순과 뮤뮤에게 붙은 단서. 부검은 했지만 사망 원인을 적시할 수 없다는 뜻이다. 거기에 딸려 나온 해골 없는 아이들의 유골. 그 유골만 따로 보관된 은밀한 단지. 온통 무속적으로 점철된 사건이었으니 검토하는 사람조차 정신병이 찾아들 판이다.

그는 결국 허 차장과 지검장에게 차례로 내락을 받았다. 아무래도 빨리 털고 가는 게 좋을 사건이었다.

"언론이 수긍할지 모르겠군."

마무리가 찜찜한지 오 부장이 승우를 바라보았다.

"할 겁니다."

"어떻게 확신하나?"

"제가 책임지고 마무리하지요."

"그래주게. 난 이 사건 서류만 보면 두통이 쓰나미로 몰려와서 말이야."

뻔한 핑계지만 승우는 탓하지 않았다. 나름 방책이 있기 때문이다.

"무속인들 견해는 왜 뺐어?"

복도로 나온 김혁이 보도 자료를 보며 물었다.

"다른 것도 다 뺐어."

승우가 웃었다.

"그럼 기자들이 물고 늘어질 확률이 높아. 차라리 있는 대로 보여주고 가자고."

"천만에. 대신 우리에겐 다른 카드가 있잖아.

"무슨?"

김혁의 시선이 승우에게 날아왔다.

"이승준 타살 사건!"

"그건 아직 배후가 드러나지 않았어."

"그러니까 더 매력적인 소스 아니야?"

"응?"

"두고 보라고. 기자들이 태클 걸 때 그거 터뜨리면 이 사건은 묻어갈 테니까."

승우는 김혁의 등을 밀었다. 배짱으로 치자면 김혁은 승우의 상대가 아니었다.

승우의 예측은 그대로 적중했다.

얼마 전까지 세인들의 이목을 끌던 미스터리 중의 미스터리인 박수무당 살인 사건. 국과수의 부검부터 해골 없는 아이

들 유골까지 의문과 공포의 대상이었던 그 사건. 그런데 정신
착란 무속 경쟁자의 소행으로 마감되자 몇몇 기자들이 들썩
거렸다.

"실은 그보다 더 중대한 사건 때문에 저희가 정신이 없습니
다만······."

거기서 승우가 슬쩍 떡밥을 던졌다.

"이것보다 더 중대한 게 뭐란 말입니까?"

떡밥을 문 기자가 소리쳤다.

"재벌 이승준 투신자살, 범인이 잡혔습니다."

"······?"

웅성거리던 기자실이 이내 침묵으로 변했다. 승우는 보았
다. 기자들의 얼빠진 표정을. 그들은 한 방 제대로 맞은 얼굴
이었다.

"우리 검찰이 각고의 노력 끝에 범인을 잡았다 이겁니다. 그
런데······."

승우는 기자들을 바라보며 노련하게 떡밥을 매단 줄을 잡
아챘다.

"그 배후의 몸통이 어마어마할 것 같습니다만······."

전략은 먹혔다.

다만 김혁이 곤경에 처했다. 이제 막 박차를 가하던 이승준

사건에 불벼락급 불똥이 떨어진 것이다.

"미안. 대신 내가 전력 지원해 줄게."

골치 아픈 박수무당 사건의 종결을 코앞에 둔 승우는 인심 쓰는 척하며 김혁을 응원했다.

"문제는 몸통이야. 두 사람은 송 검사가 알려준 팩트에 손을 들었지만 더 증거가 없는 걸 알고는 자기들 선에서 뒤집어쓰고 끝내려는 눈치거든."

조사실에서 김혁이 고개를 저었다. 텅 빈 조사실, 승우는 테이블에 엉덩이를 걸치고 김혁을 바라보았다.

"그럼 일단 조져."

이건 승우의 스타일이다.

"그건 바른 수사가 아니야."

요건 김혁의 스타일.

"모로 가도 범인만 잡으면 되잖아?"

승우는 여전히 자기 스타일을 고수했다.

"피의자들이 알고 있다니까. 우리에게 더 이상의 증거가 없다는 걸."

"하긴 용의주도한 놈들이니까."

승우는 공감했다. 애당초 파장이 클 수밖에 없는 사건. 그걸 감안해 치밀하게 CCTV 동선에다 자살 시나리오까지 설정한 놈들이다.

"연계되는 CCTV 조사는 다 해봤어?"

"물론."

"차량은?"

"몇 사람 지문이 나왔지만 역시……."

"스마트폰하고 컴퓨터 포렌식은?"

"모바일 분석실에 정밀 분석 맡겼는데 이상이 없어. 대포폰을 사용하다 버린 건지……."

"그럼 그걸 찾으면 대박이네?"

"어디서?"

김혁이 고개를 들었다.

"그러게. 그게 문제군."

승우는 테이블에 손가락을 토닥거리며 긴장을 풀었다. 그때 김혁의 전화가 울렸다.

"아, 부장님!"

또 오 부장이다. 간부들은 왜 저렇게 닦달일까? 승우는 간부가 싫었다. 매사 참견만 할 뿐이지 실질적인 도움은 되지 않기 때문이다. 그러면서 공은 또 저희들이 다 가져간다.

승우는 김혁과 함께 오 부장에게 소환(?)되었다. 보아하니 여기저기에서 압력이 물밀듯이 밀려오는 모양이다. 승우가 터뜨린 이승준 투신자살 범인 체포 보도 자료 때문이었다.

"조사는?"

"큰 진전이 없습니다. 워낙 모르쇠로 나가고 있어서……."

오 부장의 질문에 김혁이 답했다. 그사이에도 오 부장의 핸드폰은 불이 났다. 여기저기 요로와 고위층에서 서너 통의 전화가 걸려온 것이다.

"에이, 수사를 하라는 거야, 말라는 거야?"

오 부장은 아예 배터리를 빼버렸다.

그때 승우의 뇌리에 생각 하나가 스쳐 갔다. 혼령 여학생의 멘트였다.

'한 사람은 전화를 받으면서…….'

"김 검사!"

"응?"

"모바일 분석 나온 거 있어?"

"그건 왜?"

"좀 보여줘 봐."

승우가 요청하자 김혁은 서류 뭉치 사이에서 분석표를 꺼내 놓았다.

"거기… 통화 기록 나왔는데 통화 상대방은 지인들 아니면 일반적인 정보원들이었어."

김혁의 말을 흘려들으며 승우는 계속 분석표를 넘겼다.

'이승준이 투신한 시각.'

몇 장을 넘겨 그 시간에 닿았다.

"……?"

없었다. 승우가 찾는 통화 시간이.

"분석지 빼먹은 거 있어?"

"없는데?"

"그래?"

"왜 그래?"

지켜보던 오 부장이 물었다.

"아, 아닙니다."

일단 질문을 잘라놓고 승우는 생각에 잠겼다. 분명 그 시간대의 통화 기록이 없었다. 아니, 아예 이승준의 사망을 전후한 시간대에는 걸려온 전화만 있고 통화한 기록이 없었다.

"이 시간에 대포폰 쓴 거 확실해."

"대포폰?"

김혁이 조금 다가앉았다.

"봐. 이 시간대… 전날도, 그 전날도 이 시간대에는 통화 기록이 꽤 되잖아. 그런데 사건 당일 날은 이 시간대에 걸려온 전화를 받지 않았어. 내가 듣기론 분명 통화했다고 들었는데 말이야."

"누가?"

김혁이 물었다.

"응?"

말을 꺼냈지만 대답하기는 곤란했다.

여학생 혼령이라고 말할 수는 없는 까닭이다.

"아무튼 이 시간에는 대포폰을 쓴 거야. 그러니 동시간대 그 지역의 통화를 다 분석하면?"

승우는 확신했다.

"그럴 수는 있어. 하지만 빌딩 밀집 지역이라 통화량이 너무 많아서 쉽지 않다는 거야. 그러니 사용한 대포폰을 찾아내지 못하는 한 예감만으로는 수사 진척에 큰 도움이 못 돼."

"알았어."

승우는 대충 넘겼다. 앞에 오 부장이 있으니 시시콜콜 이야기를 나누는 게 불편했다. 오 부장의 판에 박힌 당부를 들은 승우는 김혁과 함께 복도로 나왔다.

"송 검사."

입은 김혁이 먼저 열었다.

"응?"

"혹시 제보자 있으면 나랑 연결시켜 줘. 그래야 수사에 속도가 붙어."

"일단 내가 만나보고."

"송 검사 정보원이야?"

"응? 응……."

정보원!

틀린 말은 아니다. 정보원이 별건가. 누구든 정보를 주면 정보원이다. 그게 여학생의 혼령이든 민민이든 무슨 상관인가.

혼자 조사실로 돌아온 승우는 문부터 잠갔다.

이미 어둠이 내린 밖. 그래도 불은 켜지 않았다. 아예 커튼까지 내린 승우는 의자에 앉아 머리카락을 뽑았다.

뽁!

스르르!

머리카락이 소리 없이 내려갔다. 어느 틈에 중독이라도 된 걸까? 승우는 착한 아이처럼 머리카락의 향배를 주시했다. 이윽고 승우의 손목에서 아련한 빛이 형성되기 시작했다.

"밍글라바!"

이른 아침 맑은 샘물의 느낌. 그 맑은 음성이 전해져 왔다. 언제 들어도 청량하고 신성한 목소리. 갑자기 살아 있는 민민이 궁금할 정도였다. 그때 이 아이, 낭랑한 웃음을 흘리며 뛰어다녔으면 얼마나 귀엽고 영특해 보였을까?

"아까는 고마웠다."

"뭘요. 날 받아준 보답이에요."

"아까 그 황금사자상 이름이 뭐라고?"

"친디요."

민민은 두 손을 허리에 대고 앙증맞게 대답했다.

"그게 잡귀를 잡아먹는 거냐?"

"예. 한국 귀신들 수준은 잘 모르지만 웬만한 건 상대가 안 될 거예요. 친디는 미얀마의 상징이자 파고다의 수호신이거든요."

"그건 누구 작품이냐? 네 엄마? 아니면 네 할아버지?"

"우리 할아버지요. 미얀마 낫꺼도 중에서 최고예요."

민민의 목소리가 더 밝아졌다. 죽은 할아버지와 죽은 엄마, 피치 못할 느낌이 이어지자 괜히 승우의 코가 시큰해졌다.

"아무튼 또 밥값 좀 하자."

"나 밥은 안 먹는데요?"

이번에는 고개를 갸웃거리는 민민. 인형이 따로 없었다.

"그럼 방값. 너 한국 셋방이 얼마나 비싼지 알아?"

괜히 볼멘소리를 높이는 승우.

"이렇게 작은 방도 세를 내요?"

민민이 승우의 손목을 가리켰다.

"그럼."

"그럼 나도 돈 벌어야겠네요?"

민민은 승우의 코앞에서 하르르하르르 부드럽게 움직였다.

"돈 벌 줄은 아냐?"

"나 카욱쉐하고 모힝가 잘 만들어요."

"카욱쉐? 모힝가?"

"미얀마 사람들이 잘 먹는 국수예요. 모힝가는 메기육수

국수……."

"됐고, 아기 안고 있던 여학생 혼령 알지? 걔 한 번 더 보러 가자. 알아볼 게 있어."

"그건 끝난 거 아니에요?"

"다른 거 좀 물어볼 게 있어."

"그건 문제없어요. 그런데……."

"그런데 뭐?"

"가는 길에 제가 있던 지하실에 좀 데려가 줘요."

"거긴 뭐 하게?"

"같이 지내던 친구들 혼이 거기 있잖아요. 아저씨가 매번 서두르는 바람에 인사도 제대로 못했고요. 정리할 것도 있어요."

"인사? 그것들이 나한테 서로 달라붙으려고 했다면서?"

"그건 아저씨에게 낫꺼도의 피가 있으니까……. 하지만 내가 먼저 붙었으니 이제는 상관없어요."

"먼저 찜하면 끝이다?"

"아뇨. 강력한 파워를 지닌 혼령이면 그 자리를 뺏을 수도 있어요. 그렇지만 웬만한 혼령은 나를 넘보지 못해요."

"흐음, 친디가 있다?"

"그렇기도 하지만 어릴 때부터 할아버지가 나에게 영력을 심어줬거든요."

"흐음, 한국 혼령들이 그렇게 비실비실한 거냐, 아니면 미얀마 혼령이 센 거냐?"

"우리 할아버지 덕분이죠, 뭐."

"할아버지 이름이 뭐냐?"

"아신 마웅요."

"저번에 표표에게 들은 이름이구나. 아무튼 가자."

승우는 민민의 빛을 쓰다듬었다. 민민은 하르르 퍼지다가 다시 한곳으로 모였다.

"코끼리는 챙겼어요?"

"그래. 아예 주머니에 매달았다."

"이제부터는 코끼리 이름을 잘 외워두세요. 필요할 때 그걸 알맞게 꺼내야 해요."

"뭐야? 이 열두 코끼리 이름을 다 외우라고?"

"힘들면 순서라도 외워두세요."

그 말과 함께 민민이 창틈으로 날아갔다.

"아, 잠깐만!"

승우가 부르자 민민은 창틈에서 멈췄다.

"그런데 왜 코끼리가 필요하냐? 그냥 네가 그 황금사자로 처리하면 되는 거 아니야?"

"나는 두 저울의 코끼리를 다스리는 매개체예요. 코끼리도 내가 필요하고 나도 코끼리가 필요해요."

"그럼 검은 놈과 흰 놈은 무슨 차이?"

"같이 또 따로. 대개 악령이나 혼령은 아무 걸로 다스려도 되지만 악령의 수준을 체크하고 몰아낼 때는 흰 코끼리, 악령을 유인하거나 파악할 때는 검은 코끼리가 알맞아요. 나머지는 차차……."

그렇군.

승우가 고개를 끄덕거렸다. 혼령들의 세계도 간단하지는 않은 모양이다. 사람 숫자 몇 안 되지만 복잡다단하게 이해가 얽힌 검찰청처럼.

말을 마친 민민이 창을 빠져나갔다. 민민은 순식간에 승우의 차에 닿았다. 승우가 문을 열자 민민은 조수석 좌석 위에서 하늘거렸다.

"그냥 막 날아다니는구나. 밤만 되면 완전 자유냐?"

"빛이 너무 밝지만 않으면 낮에도 가능하긴 해요."

"거리도 무제한? 그럼 너 혼자 다녀와도 되겠네."

"무제한 아니에요. 아저씨하고 멀리 떨어지면 힘 다 빠져요."

"결국 공생관계다?"

"가자니까요. 내가 할 일이 있다고요."

민민은 시트 위에서 원을 그리며 재촉했다.

박수무당의 집은 폐가에 가까웠다. 이제는 축 늘어진 폴리스 라인도 분위기를 음산하게 만들었다. 승우는 랜턴을 들고 지하실 계단을 밟았다.

"여긴 언제 와도 찝찝해."

"그래도 여길 집으로 알고 사는 혼령이 많아요."

민민은 승우에 앞서 훨훨 날아갔다. 승우는 마지막 계단을 밟았다. 불을 켤까 생각했지만 민민을 보고 그만두었다. 어쩐지 민민에게 방해가 될 것만 같았다.

'이런 거라도 도와줘야지.'

그 생각을 하던 승우는 그만 쿡 하고 웃었다. 언제부터 착한표 검사였다고 하는 생각이 들었던 것이다.

벽 쪽으로 날아간 민민은 그 앞에서 맴을 돌았다. 맴은 곧 둥근 빛 무리가 되어 고요하게 번져 나갔다. 호수에 인 파문이 소리 없이 번지듯. 그러자 여기저기에서 시린 빛이 하나둘 밝아지기 시작했다.

'윽!'

승우는 주춤거렸다. 시린 빛이 주는 섬뜩함 때문이다.

"괜찮아요."

민민이 옆에서 하늘거렸다. 민민이 괜찮다니 긴장이 풀렸다.

빛들은 곧 사람의 형상이 되었다. 아이들이었다. 작은 아이도 있고 큰 아이도 있었다. 형체가 멀쩡한 아이도 있고 그야

말로 엉망인 아이도 있었다. 심한 경우에는 목만 붙은 아이, 다리가 뭉텅 잘린 아이까지.

"이강순이 그랬어요. 나쁜 사람이에요."

승우의 어깨 위로 날아오른 민민이 말했다. 얼마나 사무쳤으면 자기 아빠의 이름을 그냥 부를까? 승우는 한숨을 쉬었다. 다른 경우라도 그렇지만 특히 어린아이를 대상으로 한 범죄는 승우조차도 치를 떠는 편이다.

아이들 혼령이라 그런지 슬픈 광경이 많았다. 때에 절어 있는 인형을 꼭 껴안은 여자아이 혼령, 그리고 치킨 쿠폰을 모아 쥔 아이까지.

"두 장만 더 모으면 치킨을 시킬 수 있었대요. 이강순이 그 마음을 이용해 통닭을 사준다고 유인해서……."

쿠폰을 쥔 아이의 설명을 들을 때는 승우의 분노 게이지가 만땅까지 치솟았다. 앞에 이강순이 있다면 가죽만 남았든 말든 짓뭉개 주고 싶었다.

"애들은요, 자기 아빠가 목 졸라 죽였어요. 그래서 암매장을 한 걸 이강순이 머리만 떼어 온 거예요."

이번에는 민민이 머리만 세트로 떠다니는 혼령을 가리켰다.

이란성 쌍둥이.

승우도 기억하고 있다. 연고자를 찾기 위해서 유골에 대해 전체 유전자 검사를 했기 때문이다. 하지만 한 살이 갓 넘은 것으로 보이는 이 쌍둥이는 연고자가 나오지 않았다.

"한번 물어봐라. 엄마나 아빠 이름 아는지."

승우가 민민에게 말했다. 이름만 안다면 당장이라도 수사에
착수할 수 있었다.

"갓난아기 때 죽어서 몰라요. 지금도 말을 못 하는걸요."

"하긴……."

승우는 고개를 끄덕였다. 혼령이라도 어린 건 어린 거였다.

"이제 가도 되냐?"

"잠깐만요. 꼬마 검은 코끼리와 흰 코끼리 중에서 아용을
좀 꺼내주세요."

"아용?"

"3번 코끼리요."

"그건 또 왜?"

"처리할 게 있어서 그래요."

민민이 하늘거리며 대답했다. 승우는 색깔이 다른 두 코끼
리를 손 위에 올려놓았다. 민민은 바로 검은 코끼리를 향해
빛 무리를 뿌렸다. 그게 신호였는지 검은 코끼리는 음습한 벽
으로 날아갔다. 그러자 그 몸의 울림에서 나는 진동을 따라
기괴한 일렁임이 벽으로 스며들었다.

"놀라지 마세요."

민민은 어느새 흰 코끼리 위에 있었다. 순간 승우의 뒷골이

시릴 정도로 서늘해지더니 괴이한 통곡과 함께 검푸른 빛줄기가 벽을 뚫고 튀어나왔다.

[꾸에에!]

어린 혼령들은 순식간에 산발한 머리카락처럼 흩어졌다.

"......!"

승우는 벌린 입을 다물지 못했다. 그건 형언하기 어려운 공포의 덩어리였다. 마주하는 것만으로도 의지가 녹아내리는, 바닥을 디딘 두 발이 부러질 정도로 맹렬하게 후들거리는.

'아아!'

자율신경이 멋대로 흔들리자 신음이 속절없이 새어 나왔다.

뿌오오!

오금이 저리다 못해 터질 것 같을 때 민민을 태운 흰 코끼리가 장쾌하게 울부짖었다. 소리에 놀란 섬푸른 빛이 빈응했다. 좌우상하로 검푸른 빛이 온몸으로 발악하자 흰 코끼리가 날린 아련함이 그물이 되어 빛 무리를 포박했다.

빛은 악몽처럼 들썩이나 싶더니 서서히 형체를 드러냈다. 내장이 몽땅 녹아내린 여자였다. 아니, 지금도 뚝뚝 녹아내리는.

[꾸에에, 꾸에엑!]

여자의 악령은 미친 듯이 발악했다. 그때마다 지옥의 문이

열리고 닫혔다. 의지가 산산이 녹아버릴 것 같은 공포감과 절
망감. 승우는 귀를 막았지만 절망의 느낌은 육신 끝까지 파고
들었다.

"오래전에 못된 정부(情婦)에게 독살당한 악령이에요. 원한
이 깊어 하늘로 가지 못하고 이 부근을 떠돌며 병약한 할머니
에게 붙어살며 어린 혼령들을 괴롭혀 왔지요."

민민은 천천히 친디를 꺼내 들었다.

[끼에엑!]

황금사자를 본 악령은 미친 듯이 몸서리를 쳤다. 그때마다
녹아내린 내장이, 몸에 엉긴 피떡이 여기저기로 튀었다. 하지
만 그 몸부림은 오래가지 않았다. 황금사자가 금빛 섬광을 회
오리처럼 뿌리며 날아든 것이다.

[끄에에!]

악령은 도망치지 못했다. 친디의 포효 앞에는 뱀 앞에 마주
놓인 개구리 같았다. 악령은 작은 찌꺼기 하나까지도 친디에
의해 삼켜지고 말았다.

"……!"

승우가 넋을 놓고 있는 사이에 두 코끼리는 승우의 손 위에
돌아와 있었다. 지하실은 다시 고요해졌다. 그냥 고요한 게
아니라 너무나 고요해 무서울 정도였다. 민민은 아무 일도 없
었다는 듯이 허공에서 나풀거렸다.

"그냥 두면 쟤들을 두고두고 괴롭힐 것 같아서요."

민민이 설명했다. 착한 민민. 죽어서도 제 친구들을 챙기고 있었다.

"너는… 안 무섭냐?"

승우는 겨우 공포를 추스르며 물었다. 묻고 나니 괜한 질문이었다.

"조금은 무서워요."

민민은 미소 섞인 소리로 대답했다.

"그런데 왜 사서 고생이냐?"

"내 눈으로 봤으니까요."

"응?"

"할아버지와 엄마가 그랬어요. 나쁜 짓을 보고 외면하는 건 자기 영혼을 포기하는 일이라고."

"……."

"많이 무서웠어요?"

"그래. 아주 몸서리치게."

"낫꺼도의 피가 있으니 곧 익숙해질 거예요."

"이제 끝이냐?"

승우가 숨을 고르며 돌아서자 민민이 고개를 저었다.

"또 있어?"

"따라오세요."

민민은 작은 환기구 틈으로 새어 나갔다. 승우는 별수 없이 계단을 뛰었다.

"여기예요."

민민이 멈춘 곳은 낡은 옆집의 지하 계단 입구였다. 민민은 과거에 보일러실로 쓰던 공간 앞에서 나풀거렸다. 도시가스가 들어오자 완전히 폐쇄된 곳이다.

"악령의 소굴이에요. 여기서 힘을 키우며 부근 사람들의 혼을 파먹었어요. 저 문을 열어보세요."

민민이 지하 방문을 가리켰다. 승우가 열자 초주검이 된 할머니가 보였다. 멋대로 어질러진 방 안과 초점을 잃은 시선. 허옇게 뒤집은 눈에 핏기가 사라진 모습은 또 하나의 악귀처럼 보였다

"악귀가 죽었으니 병원으로 옮기면 살 수 있을 거예요. 서두르세요."

민민의 말이 끝나기 전에 승우는 119를 불렀다. 할머니는 이내 들것에 실려 병원으로 향했다. 승우가 손목 체크를 위해 불렀던 그 119. 이런 상황에 만난 119는 느낌이 달랐다.

숭고함이었다.

승우가 귀차니즘과 과시를 더해 불렀던 119에서는 느낄 수 없던 기분. 본연의 임무를 다하는 그들을 보니 그날의 만행이 미안해졌다. 승우는 민민 몰래 119 구급대 뒤에다 가벼운 거

수경례를 바쳤다.

"됐냐?"

"한 가지 더 있어요."

민민은 어두운 공간에서 박수무당의 집을 바라보며 말을 이었다.

"착한 일 할 찬스예요. 저기 지하실에 있는 친구들 명복을 좀 빌어주세요."

"착한 일은 이미 한 거 같은데?"

승우가 할머니 집을 돌아보았다.

"아저씨 자의가 아니었잖아요."

민민은 나풀나풀 승우의 아킬레스건을 건드렸다.

"아무튼 결과적으로는 좋은 일이잖아?"

"고마워요. 하지만 선한 일은 많이 할수록 좋죠. 한국에서는 아닌가요?"

빈틈을 주지 않고 되묻는 민민. 승우는 더 맞설 말이 궁색해졌다.

"내 말은 알지도 못하는 애들 명복을 내가 왜 비냐 이거다. 하고 싶으면 네가 하든지."

승우는 악령들 명복을 비는 건 좀 거시기한 것 같아 계속 딴죽을 걸었다.

"혼령끼리는 해도 소용없어요. 살아 있는 사람의 명복 기원만 통해요."

"아, 진짜……."

"그럼 뭐 마음대로 하세요. 대신 오늘 밤 잠 못 자도 저 원망하지 말고요."

잠?

그 말에 정신이 번쩍 든 승우는 하는 수 없이 건성건성 두 손을 모았다.

"할 거면 좀 성의 있게 하세요."

"아, 좀……."

"그럼 뭐 역시 알아서……."

"알았어. 이렇게 하면 되냐?"

승우는 두 손을 제대로 모았다.

승우는 팔자에도 없는 명복 기도를 올렸다. 어린 혼령들을 위해. 그것도 완전 정자세로.

며칠 사이에 승우는 많이 변했다. 혼자 생각해도 멋쩍은 기분이 들어 민민 몰래 웃고 말았다.

끼이!

다시 이승준이 투신한 옥상 문이 열렸다. 경비는 오늘도 꾸벅 인사를 하고 내려갔다. 여학생은 냉각탑 아래에서 나왔다. 피 묻은 손으로 아기를 꼭 껴안은 채.

"범인 잡았다."

승우는 간부의 사진을 보여주었다. 그러자 여학생은 검푸른 빛이 되어 미친 듯이 맴을 돌았다.

"그 사람, 빙의되었더라. 네 아기 얘기를 했더니 울었어."

[……]

"내 생각에는 너를 죽인 건 빙의된 귀신 짓인 것 같아. 그놈은 저기 민민이 해치웠으니까 사람 쪽에도, 혼령 쪽에도 다 벌을 내린 거나 마찬가지다."

승우가 설명하자 여학생은 모습을 드러내며 파르르 떨었다.

"뭐가 잘못된 거냐?"

승우가 민민을 바라보았다.

"감격해서 그러는 거예요."

'감격해서?'

그사이에 여학생은 하늘까지 쭉 솟구쳤다가 내려왔다. 그리고 승우에게 다가와 꾸벅 거푸 인사를 올렸다.

"고맙다고 아저씨 이름 좀 알려 달래요."

민민이 대신 설명했다.

"이름이야 송승우고. 그것보다 고마우면……."

승우는 상황상 썩 내키지는 않았지만 다급한 마음에 별수 없이 옵션을 걸었다.

[전화?]

여학생이 고개를 갸웃거렸다. 그녀는 잠시 하얀 아기와 시선을 주고받더니 긴 꼬리 불을 흔들며 빌딩 벽을 끼고 날았다.

"그냥 튀는 건 아니겠지?"

"그럴 리가요."

승우와 민민이 대화를 나누는 사이에 여학생의 혼령이 돌아왔다.

"그 전화기가 있는 곳을 안대요!"

여학생의 말을 전해 들은 민민이 소리쳤다.

"어디냐?"

"따라오래요."

민민의 빛이 승우에 앞서 날아갔다.

"야, 같이 가! 미안하지만 나는 사람이거든!"

승우는 또 미친 듯이 계단을 향해 뛰어야 했다.

2장
당신의 수호령

민민은 빌딩을 수직으로 내려갔다. 빌딩에서 나온 승우는 그 빛을 보며 뛰었다.

"어, 검사님, 문은요?"

현관에 있던 경비가 승우를 보고 소리쳤다.

"잠갔어요!"

"그럼 이제 안 오시는 겁니까?"

대답하지 않았다. 민민의 빛이 건물을 끼고 돌고 있었다. 승우가 서두르자 겨우 민민이 보였다. 주택으로 이어지는 이면 도로. 그 큰길가에 자리 잡은 맨홀이었다.

"여기야?"

승우가 물었다.

"네."

여학생의 빛과 나란히 가물거리며 민민이 말했다.

"아닌 거 같은데?"

승우가 고개를 갸웃거렸다.

교통량은 적지만 신호 위반 CCTV가 있는 곳이다. 치밀한 범인들이 핸드폰을 버리기에는 맞춤한 곳이 아니었다.

하지만 그 생각은 빗나갔다. 고개를 든 승우는 도로에 매달린 CCTV가 실시간 단속용이라는 걸 알았다. 즉 일정한 시간이 지나면 뒤에 찍힌 화면에 의해 앞이 지워지는 카메라였다.

'지능범들.'

동그란 맨홀 뚜껑도 그랬다. 견고하게 닫혀 있어 쉽게 열릴 것 같지 않았다.

"이 뚜껑을 열고 집어넣었대요."

"아……."

승우의 입에서 한숨이 나왔다. 난감했다. 확인을 하자면 뚜껑을 열어야 했다. 하지만 이런 일은 원래 경찰이나 수사관들 몫이다. 검사의 위상과는 도무지 거리가 먼 일. 하지만 도리가 없었다. 경찰이나 수사관을 동원하는 건 문제가 없지만 만에 하나 핸드폰이 나오지 않으면 개망신을 당할 수 있었다.

판단이 선 승우는 결국 빌딩으로 돌아갔다. 그런 다음 경비원에게 지렛대로 쓸 만한 걸 빌렸다.

"끙!"

뚜껑이 열리지 않았다. 그동안 요령으로 검사 생활을 하다 보니 요령(?) 부족이었다.

"힘 좀 더 써봐요."

"그러는 너는?"

"나는 그런 건 못 도와요."

민민이 승우의 어깨 위에서 하늘거렸다.

"제기랄!"

이마의 땀을 닦고 다시 용을 썼다. 이번에는 각도를 잘 조절했다. 지렛대의 생명이 무엇인가? 작용점을 찾아야 한다.

끼이!

"……."

살짝 위치를 바꾸니 감이 왔다. 승우는 마침내 뚜껑을 들어 올렸다.

'웃!'

그걸로 끝이 아니었다. 지독한 악취가 코를 찔렀다. 랜턴을 비춰보니 안이 제법 깊었다. 물 흐르는 소리도 들렸다. 그러니까 보이는 건 아무것도 없었다.

"헐!"

그야말로 헐이다. 공터에서 긴 막대 하나를 주워온 승우. 찔러보니 물은 깊지 않았다.

"너 책임질 수 있냐?"

막대를 내던지며 여학생 혼령을 바라보았다.

[뭘요?]

"이 안에 핸드폰이 있다는 거."

[네.]

혼령이 대답했다.

"하긴 혼령은 거짓말을 안 하겠지?"

승우가 물었다. 검찰에서 수도 없이 보아온 범죄자들. 그들 중 절반 이상은 거짓말을 밥 먹듯이 했다.

"거짓말하는 혼령도 있어요."

옆에 있던 민민이 끼어들었다.

"혼령도?"

"하지만 이 혼령은 아니에요."

민민은 단호했다.

"미치겠군."

승우는 별수 없이 바지를 걷고 손수건을 코에 동여맨 채 맨홀 아래로 내려섰다. 그러자 민민도 팔랑거리며 따라 내려왔다.

"여기는 악령인지 귀신인지 없냐?"

"있기는 한데 멀어요. 아저씨한테 해코지는 안 할 거 같아
요."

"헐, 눈물 나도록 고마우니 가까이 오지나 못하게 해라."

탐방탐방!

처음에는 발끝으로 뒤졌다. 온갖 것이 썩어나는 하수구 안
이라 불쾌함이 질컥거렸다.

'에라, 모르겠다.'

기왕에 버린 몸, 몇 번 탐방거리던 승우는 결국 손으로 바
닥을 뒤지기 시작했다.

"……!"

처음에 물컹하니 잡힌 건 죽은 쥐였다. 머리카락이 죄다 거
꾸로 섰다.

"아, 씨!"

본능적으로 쥐를 던져 버렸다. 악령에 이어 더러운 쥐의 사
체. 당장이라도 밖으로 나가고 싶었다. 하지만 민민이 빤히 보
고 있다. 이 아이와 눈이 마주치면 승우는 괜히 가슴이 저렸
다.

승우는 쩝 입맛을 다시곤 다시 바닥을 헤집었다. 좌우를 얼
마나 훑었을까? 마침내 네모난 무엇이 손에 잡혔다. 오물을 걷
어내고 확인해 보니 핸드폰이었다.

핸드폰!

핸드폰 따위가 반가웠다.

"찾았어!"

승우는 자신도 모르게 소리를 질렀다.

"이거 맞냐?"

밖으로 나온 승우가 핸드폰을 들어 보였다. 증거라는 건 확인이 되어야 증거로서의 가치를 갖는다. 여학생 혼령이 고개를 끄덕였다. 그러더니 아기를 꼭 안은 채 희미해지기 시작했다. 마지막 불빛이 사그라지기 전, 혼령은 승우를 향해 절을 올렸다.

"쟤 왜 저러냐?"

"이제 하늘로 가려는 거예요."

민민의 말이 끝나기도 전에 여학생 혼령은 보이지 않았다.

승우는 귀신의 절을 받았다.

기분이 묘했다.

김혁에게 소식을 전하고 집으로 돌아왔다. 승우는 욕조에서 30분도 넘게 하수도 냄새를 씻어냈다. 건져낸 전화기는 랩으로 싸고, 호일로 감고, 비닐에 넣은 다음 휴지로 두어 번 감아서 작은 쇼핑백에 넣어두었다. 날이 밝으면 포렌식 팀에 넘길 생각이다. 기분은 맑았지만 냄새는 가시지 않았다. 아무래도 찝찝한 냄새가 가시지를 않았다.

자정!

승우가 거울 앞에 말쑥하게 섰을 때는 자정이었다. 핸드폰의 마지막 초바늘이 59를 넘어가고 있었다. 가만히 침대에 누웠다. 그러고는 아이처럼 귀를 기울였다. 악귀의 소리, 승우의 잠을 훼방 놓는 소리를 확인하는 것이다.

들렸다.

하지만 괜찮았다. 앞집에 누가 들어가는 문소리였다.

"후우!"

그리고 보니 오늘도 열혈 극성 팬클럽인 빠라들을 만나지 않았다. 두어 군데에서 전화가 오긴 했지만 향응을 받을 시간조차 없었던 것이다. 막상 침대에 누우니 그들을 만나지 않은 게 다행스러웠다. 쏟아지는 잠을 강제하는 그 불면은 다시는 만나고 싶지 않았다.

'착한 일……'

곰곰이 생각하니 어릴 때가 떠올랐다. 승우의 초등학교 때 여선생님은 착한 일을 할 때마다 상점을 줬다. 승우는 상점 모으는 걸 좋아했다. 그때는 일부러 어디 누구 도울 일이 없나 하고 눈을 부릅뜨고 다니던 승우. 우죽하면 어린 마음에 일부러 휴지를 버려두고 선생님이 보는 앞에서 주운 적도 있었다.

그런데 오늘은 잠이 잘 오지 않았다. 악령의 방해는 아니었다. 승우는 손을 머리로 가져갔다.

뽁!

머리카락 한 올을 뽑아 오른 손목에 흘렸다. 어두운 밤, 달빛의 고요한 어스름을 닮은 민민이 천천히 모습을 드러냈다. 손목 위에 달랑 올라앉은 자세였다.

"안 자고 왜요?"

민민이 나풀거리며 물었다.

"그냥……."

"외로우세요?"

민민이 뜻밖의 단어를 구사했다.

"네가 그런 말도 아냐?"

"그럼요. 우리 엄마도 외로웠거든요."

민민의 엄마.

하긴 그랬을 것 같다. 꽃다운 어린 몸에 임신을 했다. 사랑을 약속한 한국 남자는 외국으로 떠나더니 함흥차사. 저 먼 이국의 연인을 기다리는 세월이 오죽했을까.

"궁금한 게 있는데……."

"말씀하세요."

민민은 착하게 대답했다. 너무 착해 가슴이 알큰해질 정도이다.

"너 말이야, 코끼리를 타고 악령들을 제압했잖아?"

"네."

"너야 죽었으니까 그렇다고 치고, 그럼 네 할아버지는 어떻게 하는 거냐? 게다가 네가 태어났을 때는 중병을 앓고 있었다며?"

"육체는 아프지만 영력이 있잖아요. 할아버지는 생전에 위대한 접신 능력으로 영력을 이루었기 때문에 신성한 코끼리들을 다스릴 수 있었고요 아픈 후로는 영적인 힘으로 그 기운을 내게 전해줬어요."

"……"

"또 있어요?"

"그럼 내가 무당 피인 건 어떻게 알았냐? 척 보면 보이냐?"

사실 꽤 궁금한 일이다. 민민과 표표, 그리고 뮤뮤, 그들은 그걸 어떻게 알았을까?

"아저씨 뒤에 수호령이 있잖아요."

"수호령?"

놀란 승우가 돌아보았다. 뒤에는 어둠이 잔뜩 배어나는 벽뿐 수호령 비슷한 것도 보이지 않았다.

"장난하냐?"

승우가 가슴을 쓸며 물었다. 하지만 민민은 진지하게 말을 이어갔다.

"장난 아니에요. 표표도 그 정도는 볼 수 있어요. 표표도 절반은 낫꺼도거든요."

"수호령이라……."

승우는 피식 웃음이 나왔다.

수호령!

어쩐지 좋은 의미 같았다.

그런데 뭐 잘한 게 있다고 수호령일까? 되는 대로 살아온 검사 생활이다. 보이지 않는 비난과 무수한 손가락질을 혼자 독점하고 있다. 그런데 무슨…….

"거짓말이지?"

"아뇨. 모든 사람은 수호령이 있어요. 단지 그 힘이나 간절함에 따라 보이기도 하고 안 보이기도 할 뿐."

"그러니까 나도 수호령이 있다?"

"어떻게 생겼는지 말해드려요?"

민민의 목소리는 자신감에 넘쳤다.

"그래, 한번 말 좀 해봐라."

민민을 시험해 볼 양으로 승우는 상체를 일으켰다.

"조금 우수에 어린 눈에 오뚝한 코, 하얀 이마와 볼, 그리고 아래가 살짝 도톰한 입술, 머리카락은 뒤로 빗어 넘기고 오른쪽 볼에 작은 점."

"……?"

거기까지 듣던 승우가 발딱 몸을 튕겼다.

"뭐라고?"

"웃으면 조금 슬퍼 보이지만 아주 조용한 미소를 간직한 착한 아줌마 얼굴이에요."

오, 마이 갓!

승우는 얼른 일어나 벽을 바라보았다. 그 벽을 차지한 건 풍경화이다. 승우가 생각하는 사진은 보이지 않았다. 그 사진, 바로 승우 엄마의 사진.

"말도 안 돼!"

승우는 고개를 저었다. 민민이 어딘가 걸린 엄마의 사진을 보며 말하는 줄 알았던 것이다.

"지금도 웃고 있네요."

"진짜야?"

또 뒤를 돌아보는 승우.

"네. 14년 된 수호령이에요."

14년!

그 한 단어가 다시 승우 머리에 우지끈 지진을 일게 만들었다. 정확하게 엄마가 죽은 그 해이다.

"그럼 그동안 나를?"

승우의 머리가 팽팽 돌기 시작했다.

비리 검사 송승우.

향응도사 송승우.

조직 내에 무수한 문제를 일으켰던 그. 그러나 잘릴 만큼 큰 문제로 비화된 적은 없었다. 물론 내부 감찰이나 대검 감찰반의 조사를 받았다. 그래도 단순 징계나 주의 정도로 넘어 갔다. 그때마다 승우는 자기가 지니고 있는 '족보'의 힘으로 생각했다.

수많은 검사들의 크고 작은 허물을 낱낱이 기록한 족보. 여차하면 그걸 까버릴 판이었으니까.

그런데 그게 아니고 수호령 덕분이라면…….

"그럼 지금까지 우리 엄마가 나를 지켜준 거란 말이냐?"

"아마 그럴 걸요?"

민민은 허공으로 폴싹 솟구쳤다가 승우의 손목 위에 내려섰다.

"말도 안 돼."

"아저씨 엄마가 또 웃어요."

민민이 웃는다. 너무나도 하얀 미소라 뭐라 공박할 말도 떠오르지 않았다.

"나는… 못 보냐?"

민민이 보는 방향으로 고개를 돌린 승우가 물었다

"지금은 못 봐요. 저건 나만 볼 수 있는 거예요."

"지금은? 그럼 나중에는 볼 수 있다는 말이냐?"

"그건 나중이 되어봐야 알죠."

"……."

"……."

"그럼 너랑은 얘기 나눌 수 있냐?"

"그것도 지금은 불가능. 그냥 수호령이 있다는 것만 알 수 있어요."

"……."

"아저씨, 눈물?"

승우가 고개를 숙이자 민민이 얼굴 가까이 날아올랐다.

"야, 울기는 누가 운다고 그래?"

승우는 괜히 목청을 높이며 자리에서 일어섰다.

"뭐 하게요?"

"알아서 뭐 하게? 넌 거기 있어."

승우는 베란다로 나갔다. 승우의 집은 주거용 오피스텔이다. 그래서 크지는 않지만 베란다가 딸려 있었다. 그 구석을 뒤지니 라면 박스가 나왔다. 박스에는 먼지가 잔뜩 쌓여 있다. 승우는 잠시 주저하다 박스 포장을 뜯었다.

'정 버리고 싶으면 나중에 보고 버려.'

박스를 맡기던 이모의 말이 스쳐 갔다. 엄마에게 딸린 단하나의 동생. 엄마가 죽었을 때 모든 것을 태우고 버리려던 승우를 말린 그녀. 그로부터 몇 년 후에 이모가 가져온 엄마의 물건 몇 가지. 그때는 엄마에 대한 감정이 다소 누그러진 터라 받아놓은 박스이다.

박스를 열자 빛바랜 명주 옷감이 드러났다. 승우는 그걸 풀었다. 겹겹이 마치 양파처럼 많기도 했다. 그러다 마지막 한 겹을 넘겼을 때 두툼한 무신도 뭉치 안에서 또 다른 종이 뭉치가 떨어졌다. 뭉치는 초등학교 저학년 때의 100점짜리 시험지와 그림일기장이었다. 그리고 단 하나, 엄마의 메모가 있다.

"……!"

그걸 본 승우는 빗장뼈가 덜컥 심장에 걸리는 느낌을 받았다. 승우는 목울대가 결려 숨을 제대로 쉬지 못했다.

승우야!
넌 꼭 판검사가 될 거야.
그리고 잘할 거야.
엄마는 널 믿어.
사랑해!

엄마가 남긴 메모는 다섯 줄이었다.

100점짜리 시험지는 많았다. 초등학교 때는 거의 100점이었다. 그사이에 낀 그림일기장. 주르륵 넘기다 한쪽에서 시선이 멈췄다. 그림이 나왔다. 서툴게 그린 미래의 검사였다. 그럴싸한 권총도 보였다.

'세상에서 제일 정의로운 검사가 될 거야.'

그 아래 또박또박 눌러 쓴 글씨. 지렁이가 기어가는 글씨체지만 어린 승우의 글씨가 맞았다.

'욱!'

아프던 가슴에 총상이 느껴졌다. 승우는 일기장과 엄마의 메모, 무신도를 안고 소리 없이 전율했다. 다섯 줄의 글자가 창보다 아프게, 사랑보다 그립게 승우의 가슴을 치고 들어왔다.

괜히 싫던 엄마. 그 직업은 더욱 싫던 엄마. 그래도 싫은 내색 한번 없이 웃어준 엄마. 아빠의 꿈을 대신해 꼭 판검사가 되어 달라던 엄마.

잘할 거야.

그 말은 승우를 자책의 바다에 빠뜨리고 말았다.

잘했다.

돌아보니 너무도 잘했다.

오직 비리와 요령, 그리고 권력을 누리는 일에만.

'엄마……'

한참을 울컥거리다 돌아보니 민민이 보이지 않았다. 눈치를 채고 슬쩍 사라진 모양이다. 그렇기에 왜 우느냐고도 묻지 않았나 보다. 어리고도 속 깊은 녀석.

엄마 생각에 빠지자 민민에게 미안했다. 승우는 따지고 보면 대한민국의 검사로서, 법과 정의를 지키는 사람으로서 그들 모자의 희생을 막지 못한 것이나 다름없었다.

동시에 고마웠다.

만약 이강순이 검은 저울을 이용해 악령의 힘을 받았다면, 그래서 더 많은 사회악을 저질렀다면 설령 김혁이라고 해도 잡아낼 수 없었을 것이다.

게다가 오랜 동안 잊고 살던 승우의 양심. 너무도 깊이 잠들어 무력하게 마비된 녀석의 잠을 깨워주었다. 민민이 그 순백의 마음으로.

'미안, 그리고 고맙다.'

승우는 오른 손목을 향해 두 마디를 속삭였다.

이른 아침, 승우는 얼굴에 떨어지는 햇살 덕분에 잠에서 깨었다. 아침은 마냥 개운했다. 술도 마시지 않았고 불면을 일으키던 괴기스러운 소리도 없었다.

돌아보니 승우의 곁에서 함께 밤을 지새운 건 엄마의 메모였다.

엄마는 널 믿어.

사랑해.

두 마디가 밤을 건너와 승우의 가슴에 안겼다. 가만히 돌아보았다. 빈 벽이 보인다.

'수호령이 있댔지?'

민민의 말이 떠올랐다. 그가 거짓말을 할 리는 없었다. 승우는 가방을 열어 검찰 비리 족보 수첩을 꺼내 들었다.

족보!

그동안 이걸 믿고 얼마나 많은 비리를 저질렀던가? 얼마나 많은 부패와 향응을 누렸던가? 그때마다 엄마가 보고 있었다니. 업자를 쪼고, 피의자를 농락하고, 심지어는 여자 피의자와 청사에서 그 짓까지 한 승우이다. 그걸 엄마가 보고 있었다.

"……!"

얼굴이 화끈 달아올랐다.

아빠를 대신해 판검사가 되어야지.

엄마의 꿈.

그 꿈에 담긴 건 비리법조인이나 폴리페서가 아니었다. 아빠는 한없이 수수했던 사람. 고시생 시절 탄원서 하나 쓸 줄 모르는 가난한 이들을 많이 도왔지만 단돈 천 원 한 장 받지 않은 성품. 그분이 가난한 사람 편에 서기 위해 꿈꾸었다는 판검사.

승우는 그 자리에 올랐지만 엄마 아빠가 바라던 검사는 절대 아니었다.

어쩌면 반발심 때문이었는지도 모른다. 아빠 없이 자란 승우이다. 엄마의 직업 때문에 모진 놀림을 받으며 큰 승우. 그랬기에, 그 피해의식 때문에 남들이 설설 기는 권력을 즐겼다. 검사로서의 권력을 누리고 또 누린 것이다.

그 결과 남은 건 손가락질과 뻔뻔함, 그리고 요령뿐이다. 남들이 범인을 잡고 부패를 척결하면서 받은 칭송과 존경을 승우는 단 한 번도 누리지 못했었다.

그러고 보니 엄마가 민민과 뮤뮤를 보낸 모양이다. 사랑하는 아들이 엇나가는 모습을 더는 볼 수 없어 저 먼 이국의 손길까지 끌어들인 걸까? 그들의 힘이라도 빌려 교화시키기 위해 수호령의 모습으로 그들을 부른 걸까?

승우는 족보를 집어 들었다.

아무래도 이것부터 처리해야 할 것 같았다.

민민의 힘이 두 개의 흑백 저울과 코끼리에서 나온다면,

승우의 부패는 이 족보에서 나오고 있었으므로.

"……!"

승우가 맨홀 아래에서 건져온 핸드폰을 넘기자 김혁이 잔뜩 고무되었다.

"확실해?"

"아니면 이거!"

승우는 자기 목을 긋는 시늉을 했다.

"고마워."

김혁은 바로 윤 수사관에게 핸드폰을 넘겼다. 포렌식 수사팀에 맡기려는 것이다.

"이봐요, 나 309호 김혁인데……."

그러고는 바로 포렌식 팀장에게 직접 전화를 거는 김혁.

"최대한 빨리 부탁합니다. 필요하면 지원 인력도 보내드릴게요."

김혁은 완벽하다. 일 하나를 맡으면 두세 수를 내다본다. 다른 때 같으면 잘난 척하는 것으로 보였을 김혁의 행동이 이상하게도 이제는 거슬리지 않았다.

승우는 사무실로 돌아와 롤케이크 두 개를 슬쩍 꺼내놓았다.

"뭐예요?"

놀란 나수미가 물었다.

"먹고 하라고."

"설마 검사님이 사신 거?"

"에이, 아닐걸?"

앞자리의 권오길이 바로 딴죽을 걸고 나섰다.

"아무려면 어때? 그냥 먹으면 되지."

승우는 시시콜콜 설명하지 않고 책상으로 걸어갔다.

"그래도 출처는 알고 먹어야죠. 저번처럼 피의자 등쳐 오시고 우리 공범 만드시게요?"

권오길의 딴죽 레벨이 높아졌다. 승우는 하는 수 없이 현금 영수증을 날렸다.

"어머, 저 앞 제과점에서 산 거네요?"

영수증을 확인한 나수미가 눈을 동그랗게 떴다.

"진짜?"

권오길은 기어이 영수증을 확인했다.

"으아, 오늘 해가 서쪽에서 떴나, 아니면 내가 아직 꿈속인가?"

"허튼소리 말고 사건 마무리나 잘해. 미얀마 여자 표표 귀국길 잘 챙기고."

승우가 의자를 당겨 자리에 앉았다.

"표표, 그 아가씨 비행기 표는 구했습니까?"

"그래."

그 대답에서는 말꼬리가 내려가고 말았다. 표표의 티켓. 그건 승우가 마련한 게 아니기 때문이다.

'내 돈으로 그냥 이코노미 살 걸 그랬나?'

그런 생각을 하다 피식 웃어버리는 승우. 갑자기 변한 자신이 아직은 조금 어색한 느낌이 들었다.

"저녁에 회식할 거니까 시간들 비워두고."

승우가 담담하게 말했다.

"회식이요?"

또다시 권오길이 눈을 동그랗게 떴다.

"왜? 문제 있어?"

"설마 또 그 빠라인가 뭔가 스폰서 데리고 오는 건 아니겠죠?"

"안 와. 오늘은 그냥 삼겹살에 쐬주야."

"꺄울!"

듣고 있던 권오길이 환호했다.

"왜 그러는데?"

"좋잖아요. 삼겹에 쐬주. 스폰서가 오면 먹는 건 왕의 상인데 감찰반원들 들이닥칠까 봐 속이 안 편해서……."

"유 계장님 전화해 봐. 올 수 있으면 와서 고기나 좀 먹고 가라고 하고."

"그럽죠."

"저기… 검사님."

그러고 보니 나수미가 아까부터 승우를 바라보고 있었다.

"왜?"

"혹시… 어디 아픈 건 아니죠?"

"뭐 잘못 먹었거나?"

나수미의 속내를 알아차린 승우가 조금 질러나갔다.

"그런 뜻이 아니라……."

"나 멀쩡해. 권 수사관, 잠깐 나 좀."

승우는 밖으론 나오며 권오길을 불렀다. 그런 다음 특명을 내렸다.

"재영장 청구요? 그 사건은 검사님이 무혐의 처분을……."

지시를 받은 권오길이 울상을 지었다.

"알아. 그러니까 아무한테도 소문내지 말고 조용히 청구하고 수갑은 비까번쩍한 새 걸로 준비해. 간식으로 케이크 든든히 먹어두고."

승우는 얼떨떨해하는 권오길의 어깨를 툭 쳐주곤 걸었다. 주차장으로 나온 그는 GPS를 입력했다. 목적지는 고등검찰청이었다.

똑똑!

승우가 노크를 한 곳은 고검의 차장검사실이었다.

"들어와요!"

안에서 굵직한 저음이 흘러나왔다. 승우는 가만히 문을 밀었다.

"어? 이게 누구야?"

반색을 한 사람은 국종도 차장검사이다.

"안녕하셨죠?"

"이어, 나의 싸랑하는 후배 쏭 검사!"

국 차장은 두 팔을 벌려 승우를 반겼다.

"앉아, 앉아. 소문 듣자니 골 때리는 사건 맡아서 무쟈게 삥삥이 치고 있다며?"

국 차장이 자리를 권하며 말했다. 과연 마당발이다. 그의 촉과 정보망은 타의 추종을 불허한다. 하긴 그렇기에 온갖 비리를 다 저지르고도 고검의 차장 자리를 차지했는지도 모른다.

"내가 오 부장한테 전화 좀 때려줄까? 그 친구 말이야, 나하고 송 검사 사이 알면서 그따위 사건을 배정하다니……."

"아닙니다. 그 사건, 해결되었습니다."

"뭐야? 해결?"

수화기를 들던 국 차장이 입을 쩍 벌렸다.

"예."

"어떻게? 보도 보니까 완전 귀신의 소행이던데?"

"기사 나왔을 텐데 못 보셨습니까?"

승우는 테이블에 놓인 세 부의 신문을 바라보았다.

"아, 내가 요즘 높으신 양반들 특명 좀 받드느라 정신이 없어서 말이지."

높으신 양반들.

초특급 폴리페서다운 발언이 나왔다.

"……."

"자네만 알고 있게. 나 머잖아 정부에서 한자리할 것 같네."

국 차장이 한 손으로 입을 가리고 말을 전해왔다. 공연히 뭔가 있어 보이려 할 때 나오는 버릇이다. 한때는 그의 복심이자 그림자로 불리던 승우이기에 사소한 습관까지 다 알고 있는 차다.

'국종도 차장.'

그사이에 쌓인 활약상에 대해 국 차장이 입에 거품을 물 때, 승우의 기억은 초임 검사 때로 달려갔다.

초임 검사 송승우!

그때는 나름 정의감에 불타고 있었다.

정직한 국민검찰.

신뢰받는 검사.

국민의 영웅.

그 역시도 그때는 그런 생각이 머리와 가슴에서 햇살처럼 바글거렸다.

그러나 임용 일주일 후에 벌어진 회식이 사달이었다.

검사들의 회식은 화끈했다.

소문 안 난 맛집으로 불리는 일식집 내실에서 검사 열한 명이 모여 술을 마시는 자리. 우주 침략군이 와도 겁나지 않을 자리였다.

술은 왜 또 그렇게 안 취했을까? 아니, 취하기는커녕 마실수록 술이 깨어갔다. 맹세코 그랬다.

아쉽다는 생각이 들 정도로 술자리는 일찍 끝났다. 다들 바쁜 몸이다 보니 2차도 없이 1차에서 마감을 한 것이다. 부장을 비롯해 선배들을 챙겨 보내고 나니 살짝 긴장이 풀렸다. 승우는 그제야 술이 좀 올랐다.

'친구 놈 불러서 간단히 입가심이나 할까?'

이제는 검사가 된 몸. 누구든 콜만 하면 달려 나올 사람이 많았다. 주머니를 뒤지자 명함이 쏟아져 나왔다. 누구에게 전화를 걸까? 생각에 잠길 때 어깨에 손이 올라왔다. 바로 운명의 남자 국종도 부장이었다.

"뭐 해?"

당시 지검의 부장검사이던 국종도. 승우의 직속 부장은 아니었다. 지검에서도 한 번밖에 본 적이 없었다. 하지만 회식에 참가한 검사인 데다 술도 두 잔이나 받아 마신 입장이었다.

"사람들, 신임검사 환영 회식한다면서 겨우 1차가 뭐야, 쪼잔하게시리? 우리 때는 말이야, 룸살롱 빌려서 밤새워 달렸는데……."

그는 승우를 대신해 입맛을 다셔주었다. 신입의 기분을 아는 선배였다.

"우리끼리 어나더 라운드?"

국 부장이 영어로 잔 꺾는 시늉을 했다.

방앗간 앞에서 기웃거리던 승우이다. 진심 반갑고 고마운 제안이었다. 게다가 하늘같은 부장검사이니 거절할 이유가 없었다.

국 부장은 승우를 데리고 작지만 알찬 술집으로 들어갔다. 잠시 후에 승우는 또 한 명의 반가운 얼굴을 만났다. 이번에는 술집 사장이었다.

"어, 혹시… 창파고 송승우?"

"누구신지……?"

승우는 고개를 들었다. 사장은 적어도 마흔 살은 되어 보이는 왕창 삭은 얼굴이다. 짧은 시간 동안 이런저런 학교 선배들을 집중적으로 떠올려 보았지만 스캔되는 얼굴이 없었다.

그때 사장의 입에서 믿기지 않는 말이 새어 나왔다.

"승우 맞구나. 나야, 나. 3학년 6반 오장태!"

오장태?

"일진 짝태?"

승우의 입에서 오랫동안 잊고 있던 단어가 나왔다.

짝태!

창파고에서 주름깨나 잡던 인간이다. 하필이면 승우의 반이었다. 전설을 넘어 명작이 될 정도로 친구들을 갈궜다. 그 결과 승우 반에서 두 명이 전학을 갔고 후배들도 여럿 개피를 봤다.

그나마 승우는 나았다. 반에서 노상 1~2등을 먹던 때다. 시험을 본 후면 가끔 시기를 받긴 했지만 그 이상은 아니었다.

선생에게도, 심지어는 조사를 나온 경찰에게도 절대 굽힘이 없던 창파고의 유일신 오장태. 그의 첫마디는 술이 오르던 승우를 맨 정신으로 돌려놓고 말았다.

"아이고, 우리 검사님, 소문은 들었는데 축하란 하나 못 보낸 대역죄, 용서해 주십시오."

장태는 비굴할 정도로 굽실거리며 승우 손을 잡았다.

"아, 왜 이래, 친구끼리?"

친구라는 단어가 복잡한 심경을 안고 튀어나왔다. 물론 동창이니까 친구는 맞다. 하지만 학교 다닐 때 누구도 오장태가 친구라는 말을 하지 못했다. 그의 어명이 떨어지지 않는 한 그런 단어를 쓴다는 건 삼족을 멸할 대역죄에 버금가는 짓이었다.

그러나 지금 승우의 신분은 검사.

무려 검사.

지금의 승우에게 일진 양아치나 조폭 같은 건 그냥 코웃음에 지나지 않았다. 그러니까 오장태에게 사용한 친구라는 단어는 너무나 후한 셈이다.

"그런데… 혹시 우리 가게인 줄 알고 온 겁니까?"

꼬박꼬박 존댓말까지 붙여주는 오장태.

"아니… 우리 부장님 따라왔다가……."

"부, 부장님이면 부장검사님?"

오장태, 학창 시절의 그 무지막지한 가오는 어디로 갔을까? 하는 짓마다 삼류 건달의 오두방정처럼 보여 승우는 눈살까지 찌푸렸다.

"아이고, 잘 부탁드립니다."

그래도 눈치는 있었다. 고맙게도 동창이라는 말은 쏙 빼놓고 있는 게 아닌가?

"아는 사람이야?"

국 부장이 물었다.

"아, 예. 아는 친구입니다."

승우도 그 정도로 입장을 정리했다.

아무튼 이날 제대로 달렸다.

오장태 이 인간이 떡하니 최고급 코냑을 가져온 것이다. 물론 술만 들여놓은 건 아니었다. 당연히 여자도 있었다. 그것도 어마 무시한 사이즈에 조각미녀 같은 얼굴들. 한잔 걸친 상태라 그런지 진시황이 부럽지 않았다.

"목숨 걸고 모셔라."

오장태는 지저분하게 알짱거리지도 않았다. 아가씨들에게 분위기만 세팅하고 알아서 퇴장한 것이다. 중간에 들어오지도 않았다.

국 부장의 무용담에 더해 술이 목구멍까지 차올랐을 때에야 술자리가 끝났다. 자리에서 일어서던 승우는 다리에 힘이 풀리며 그 자리에 늘어지고 말았다.

"오빠……."

파트너이던 아가씨가 달려와 승우를 부축해 주었다. 아가씨의 얼굴이 두 개로 보였다. 눈을 감았다 뜨니 네 개였고, 그다음에는 아무것도 보이지 않았다.

'응?'

얼마나 지났을까?

머리가 아파 눈을 떴다. 어두웠다. 감각기관은 평소보다 느리고 무디게 작동을 시작했다.

"……?"

침대 위였다.

침대?

고개를 돌리니 옆에 누군가 있었다. 있을 수 없는 일이었다. 승우는 그때도 작은 오피스텔에 혼자 살고 있었기 때문이다. 반대편에도 뭔가가 닿았다. 그쪽으로 시선을 돌리자 또 한 명의 사람이 있다.

"……!"

승우는 오른편과 왼편을 재빨리 번갈아 돌아보았다. 그러다 용수철처럼 발딱 솟구치고 말았다.

'여자?'

긴 머리를 보니 분명 그랬다.

'귀신?'

승우는 눈을 끔뻑하고는 포커스를 제대로 맞추었다. 귀신은 아니었다. 귀신치고는 몸매가 너무도 선명하고 훌륭했던 것. 시원한 어깨와 잘록한 허리, 그리고 섹시한 엉덩이. 그중한 여자는 어제 룸에서 같이 놀던 아가씨였다. 더 놀라운 건두 여자가 아무것도 입지 않고 있다는 사실이었다.

"억?"

그러고 보니 승우도 그랬다. 허리 아래에는 헝겊 한 조각 없었다.

'이게 어떻게 된 거야?'

승우는 껑충 뛰어 침대 아래로 내려왔다. 거기서 옷을 잘못 밟아 엉덩방아를 찧었다. 하필이면 실크로 된 여자의 슬립을 밟은 탓이다.

오, 마이 갓!

뒈지도록 아팠다.

아픈 걸 보니 꿈이 아니었다.

현실이었다.

여자.

게다가 둘이다.

'으억!'

피가 거꾸로 흐를 때 딸깍 문이 열렸다. 승우는 본능적으로 돌아보았다. 홀딱 벗은 볼썽사나운 차림으로.

등장인물은 국 부장이었다.

"부, 부장님……."

"송 검사."

국 부장은 또라이가 아니다. 침대를 힐금 바라보더니 태연하게 말을 이었다.

"쓰리 썸 할 만해?"

국 부장은 귀를 후비며 야릇하게 웃었다. 그 말은 느릿느릿 승우의 귀를 비집고 들어왔다. 승우가 국 부장의 그림자, 나쁘게 말하면 똘마니가 되는 순간이었다. 정의로운 검사의 꿈이 부패검사로 추락하는 순간이었다.

국종도 부장.

나중에야 알았다. 그게 바로 그의 작품이었다는 걸. 그가 바로 검찰 조직에서 내놓은 전설적인 비리형 검사라는 걸. 그래서 웬만한 검사들은 그하고 잘 어울리지도 않는다는 걸.

송승우!

시간을 되돌릴 수 있다면 그때로 돌아가 친구들을 불러 소박하게 한잔하고 싶었지만 운명은 뒤틀어놓은 문을 다시 열어주지 않았다. 그러기는커녕 승우는 권력을 앞세운 비리와 향응에 물들어갔다. 그건 마약보다 강력한 중독이었다.

"오라, 그러고 보니 골치 아픈 사건 해결 파티라도 하려고?"

국 차장은 그날처럼 야릇한 미소를 머금고 승우를 바라보았다.

"예, 조촐하게……."

"스폰서는 누군가? 요즘 스폰서들은 스케일이 작아서 말이야."

"민민과 어머니입니다."

승우는 주저 없이 대답했다.

"민민? 여자야? 새로 상납받은 앤가?"

"애는 맞습니다. 돈 한 푼 없는… 그냥 마음만 착한 애죠."

당신 따위에 입에 올리면 안 될 정도로 순수한. 그 말은 승우의 미소가 대신해 주었다.

"에이, 위에서 누가 또 뭐라고 한 모양인데 아서. 내가 찐하게 축하할 겸 기획사 사장 한 놈 불러줄게. 그렇잖아도 모델 될 애들 후견인 좀 해달라고 목을 매는 참인데 애들 프로필 사진 보니까 몸매가 착하더라고. 송 검사는 아직 젊으니까 간만에 쓰리 썸 어때?"

"이거……."

승우는 떠벌리는 국 차장 앞에 검사 비리 족보 수첩이 든 봉투를 밀어놓았다.

"뭐야? 자네도 기획사 물었어?"

"그동안 고마웠습니다. 그거… 차장님이 주신 거니 돌려드리는 게 좋을 거 같아서……."

사필귀정!

국 차장에게서 왔으니 그에게 돌아가는 게 맞았다.

"이, 이봐, 이건?"

족보를 확인한 국 차장이 승우를 올려보았다.

"그럼 저는 이만……."

"이, 이봐, 송 검사! 송 검사!"

국 차장의 외침이 따라 나왔지만 승우는 멈추지 않았다. 긴 시간 동안의 일탈. 그리하여 익숙한 일상이 되어버린 비리에의 중독. 그것과의 단절을 그렇게 고했다.

차에 오른 승우는 간밤에 발견한 엄마의 메모를 읽었다.

엄마는 널 믿어!

메모를 만지는 동안 오래 끼었던 때가, 그 해묵은 체증이 시원하게 내려가는 것 같았다.

부릉!

시동을 걸며 승우는 생각했다.

초임검사!

그 설레던 임용식의 순간을.

'나는 이 순간……'

승우는 오직 한 사람과 한 영혼, 그들을 위한 선서를 새로 시작했다.

'국가와 국민의 부름을 받고 영광스러운 대한민국 검사의 직에 나섭니다. 공익의 대표자로서 정의와 인권을 바로 세우고 처음부터 끝까지 혼신의 힘을 다해 국민을 섬기고 국가에 봉사할 것을 나의 명예를 걸고 굳게 다짐합니다.'

이 선서는 못난 아들을 버리지 않고 수호령으로 지켜준 엄마에게 바치는 선서였다.

그리고,

'밍글라바!'

승우는 손목 속의 민민에게도 바쳤다. 비리의 알을 깨고 나오게 해준 해맑은 아이, 한 단어만 떠올려도 마음을 숭고하게 만드는 그 순백의 영령에게.

3장

리뉴얼의 시작

"소재지 좀 문자로 보내. 전화번호 있으면 그것도."

주차장으론 나온 승우는 권오길의 전화를 받았다. 영장은 아직 떨어지지 않은 모양이다.

"법원에 가서 죽쳐. 영장 안 주면 아예 법원 앞에 드러누워 버리고."

승우가 강조했다.

법원!

거기에도 승우의 악명은 익히 정평이 나 있었다. 오죽하면 영장 허가가 아깝다는 말까지도 들려왔다. 그도 그럴 것이,

승우의 영장에는 허점이 많았고, 심지어는 법원에 가서 깽판을 부린 전력도 있었기 때문이다.

'장미미.'

승우는 문자에 찍힌 이름 하나를 곱씹었다. 그녀에게 향하는 것도 우연이었다.

그러니까 그동안 얼마나 멋대로 살았나 하는 생각으로 지나간 수사철을 넘길 때다. 수많은 사건 중에 딱 그녀의 사건 위에서 눈이 멈췄다. 한번 멈추니 그 뒤의 사건은 눈에 들어오지도 않았다. 신기한 일이었다. 그냥 꽂혔다고나 할까?

돌아보니 그리 오래되지 않은 사건이다. 여자의 눈물이 떠올랐다. 알코올중독자이던 그녀의 아버지가 떠올랐다. 그녀의 자살 시도와 저주도 떠올랐다.

마지막으로 가해자 민정식이 떠올랐다. 민정식의 얼굴 위로 이강순과 무신도가 겹쳐 왔다. 고개를 저어도 사라지지 않았다.

'이걸 각성의 첫 타깃으로 삼으라는 건가?'

하지만 나름 거물이다. 하지만 그래서 공감이 갔다. 송승우의 변신을 보여주려면 이 정도 타깃은 되어야 할 것 같았다.

아주 여러 가지로 말이다.

'이걸 넘으면 비리 검사로 굳은 이미지는 어느 정도 가시겠군.'

승우는 독한 마음을 먹고 GPS에 목적지를 입력했다.

끼익!

차가 멈춘 곳은 조그만 커피전문점이었다. 쇼윈도 안으로 여자 알바생이 얼비쳤다. 승우는 천천히 문을 열고 들어섰다.

"어서 오……"

인사를 하려던 알바생은 승우를 확인하더니 얼굴이 얼음장처럼 굳어버렸다.

"카페 모카 한 잔. 아이스로."

손님이 하나도 없는 실내, 승우는 카운터 바로 앞 테이블에 자리를 잡았다.

"안 팔아요."

차갑게 응수하는 알바가 바로 장미미였다.

"영업 거부?"

"상관없어요. 나가주세요."

장미미가 문을 가리켰다. 그 작은 얼굴에서 레이저가 튀었다. 금세라도 승우를 녹일 듯한 원망이 밴 눈빛이었다.

"그러지 말고 한 잔 줘."

승우는 담담하게 응수했다.

"나가라니까요!"

"마시고 민정식 잡으러 가자고."

"뭐라고요?"

"민정식!"

승우가 고개를 들었다.

"지금 장난해요?"

"아니. 이번엔 진심이야."

"흥! 누굴 또 울리려고요. 이제 당신들 검찰청 검사 나부랭이는 절대로 안 믿어요. 빨리 나가요."

악에 받친 장미미가 물 컵을 뿌렸다. 승우는 그 물을 흠뻑 뒤집어쓰고 말았다.

"고맙다."

"……?"

"그때도 나한테 저주를 퍼부었지? 잘 먹고 잘살라고."

"그래서요?"

"나 네 생각처럼 비리 검사 맞아. 너희들이 고소한 사안이 인정됨에도 민정식 쪽 손 들어준 거 맞아. 그때는 내가 눈에 뭐가 씌었었거든."

"……"

"이제는 그 깍지 좀 떼어내려고. 그러니 한 번만 믿어주면 안 될까?"

담담하게 말하는 승우의 얼굴에서 물이 뚝뚝 흘러내렸다.

"당신……"

"어때? 우리 서로 기회 한 번 잡아보지 않겠어? 장미미는 그 말종을 법정에 세우는 기회, 나는 정신 차리는 기회."

"지금 나 농락하는 거 아니죠?"

"절대!"

"그럼 이제 내 말을 믿는다는 건가요?"

"그건 처음부터 믿었어."

"네?"

"다만 내 양심이 내 이익을 따라 움직였을 뿐."

"이익?"

"긴말할 거 없고 결정해. 미안하지만 앞으로 내가 좀 바빠질 것 같아서 말이지."

"진심이에요?"

"응."

승우가 고개를 끄덕였다.

"당신을 어떻게 믿죠? 내가 알기로는 믿을 만한 사람이 못 되거든요."

"내가 어떻게 해줄까?"

"하라는 대로 할 건가요?"

"그래."

"그럼 꿇어요."

"……!"

"당신, 성폭행을 고소한 나에게 죽음보다 더한 모멸감을 줬어요. 심지어는 나를 금품이나 노리는 파렴치한 창녀 취급했지요. 기억나요?"

"……."

"꿇으세요. 그러면 당신을 믿을 수 있을지도."

"그러지."

승우가 자리에서 일어나 장미미 앞으로 나왔다. 그런 다음 한쪽 무릎을 접었다. 순간 장미미의 손의 승우를 잡았다. 그녀는 말없이 승우의 눈을 바라보았다. 맵고도 따가운 눈이었다.

"됐어요. 일단 믿어보죠."

"고마워."

승우는 엉거주춤 다시 일어섰다.

"내가 뭘 어쩌면 되죠?"

"재고소와 피해 진술, 수고스럽겠지만 다시 시작해야 해."

"우리 아빠 명예도 회복되는 건가요?"

"아빠?"

승우의 뇌리에 그녀의 아버지가 스쳐 갔다. 그녀의 아버지는 알코올중독자였다. 술 한 잔만 마시면 개와 친해지는 사람. 민정식은 그에게 술을 먹이고 얻은 녹취록을 가지고 와서 돈을 노린 모함임을 항변했다. 술값 좀 달라는 목소리를 내세워.

"아버지 지금 뭐 하셔?"

"치료차 병원에 가 계세요. 저에 대한 죄책감 때문에."

"회복해 줄게."

"좋아요. 한 번만 믿어볼게요. 하지만 이번에도 저를 농락하면 그때는 당신을 저주하는 유서를 써놓고 검찰청 앞에서 자살할지도 몰라요."

장미미가 말했다.

그럴 수도!

승우는 고개를 끄덕였다. 그녀는 지금 단순히 협박을 하는게 아니었다. 실제로 지난번 민정식에게 무혐의 처분을 내리자 그녀는 손목을 그었다. 그 흉터는 아직까지도 그녀의 왼손에 선명했다. 그때 승우는 그것조차 생쇼로 치부하며 민정식의 편을 들었지만.

"마셔요!"

물기를 대충 닦아내자 그녀가 카페 모카를 내밀었다.

"……?"

한 모금을 넘긴 승우가 미간을 찡그렸다. 달달한 모카가 아니라 소태였다. 진한 블랙에 샷을 두어 잔이나 첨가한 듯한.

"미안하지만 아직은 검사님께 단맛은 못 드려요. 대신 민정식을 진짜로 처벌해 주면 내 솜씨를 다해 세상에서 제일 맛있는 커피를 만들어 드릴게요."

단호하게 말하는 장미미의 눈에 물빛이 반짝거렸다. 긴 회한이 다시 그녀의 눈에 머무는 걸까? 승우는 그 쓴 커피를 단숨에 들이켜 버렸다. 기꺼이.

"기대해 보지."

승우는 빈 잔을 흔들었다.

다음으로 승우의 차가 도착한 곳은 국제정치연구재단이었다. 재단은 시원했다. 정문이 시원하고 널찍한 정원이 시원했다. 이 재단은 전직 대통령을 지지하는 사람들이 갹출해서 세웠다. 회랑을 이룬 대리석들은 하나하나 기품이 넘치고 아름다웠다.

"죽이는데요?"

뒤따라 도착한 권오길이 회랑을 보며 말했다.

"뭐가?"

"대리석 좀 보세요. 꼭 신전에 온 것 같잖습니까?"

"내 코에는 구린내 나는 기둥에 불과해."

"네?"

승우는 현관문을 열었다. 정치인들은 어디서 이런 거금이 났을까? 아마 지역구민들이나 열렬한 지지자들이 정치성금을 주었을 것이다. 그걸 착실하게 모아서 재단을 세웠다. 국가와 민족의 미래를 위해 석학들을 모셔왔다. 그리고 시설 좋은 이 안에서 세계를 휘어잡고 웅지를 뿜을 한민족의 미래를 연구 중이다.

설립 취지는 그렇다.

하지만 승우는 알고 있었다. 착실한 정치인은 결코 재산을 모을 수 없다는 사실을. 그러니까 거액을 축재한 정치인이라 면 둘 중 하나였다. 원래 거부 집안이라 재산을 물려받았든 지, 아니면 정체불명의 돈을 꿀꺽했든지.

그 루트도 승우는 알고 있었다. 수많은 협잡꾼과 어울리다 보니 다른 누구보다 비리의 루트를 잘 알게 된 승우였다.

"검사님."

로비에 들어서자 권오길이 입을 열었다.

"왜?"

"여기서 영장 집행할 겁니까?"

"아니면?"

승우가 돌아보았다.

"으아, 그럼 파장이 만만치 않을 텐데요?"

권오길이 틀 잡힌 경비원들을 보며 말했다.

"겁나면 나가 있던가."

승우는 걸음을 멈추지 않았다. 하지만 권오길은 멈췄다. 사 실 권오길의 머릿속은 한없이 복잡했다. 송 검사. 뭔가 잘못 먹었다. 아니면 제정신이 아니다. 사람이 변해도 이렇게 변할 수 있는가? 권오길은 여전히 그게 의문이었다.

더구나 이 사건, 권오길도 또렷이 기억하는 사건이다. 그 역시 승우를 보조해 이 사건을 맡았기 때문이다. 잘나가는 권력자들의 휴양처이자 재충전 장소로 불리는 연구재단. 그 재단 사무총장이 성추행을 반복했다. 아니, 보통 사람이라면 성폭행으로 몰아붙여도 될 일이었다.

그때 승우는 당연히 민정식을 옹호했다. 질 나쁜 여자 인턴들이 금품을 노리고 만들어낸 허위 고소로 유권해석을 내린 것이다.

고소자는 두 여자 인턴이었다. 그중 하나가 장미미였다. 그녀는 알코올중독 아버지가 배후로 몰리자 손목을 그었다. 그때 그걸 발견하고 병원으로 옮긴 것도 권오길이다. 권오길은 그때 분개했다. 민정식은 카사노바였다. 조사실에서도 그걸 자랑하느라 바빴다. 심지어는 그 인간, 거시기에 액세서리까지 꾸민 인간이었다. 소위 말하는 자극용 다마를 처박은.

정치적 타협!

그때 승우가 내세운 대의명분이었다. 실제로 검찰의 수사 원칙에는 그런 성향이 있었다. 정치인들도 공공연히 그런 말을 주문하고 있었다.

'정권과 연관되는 사건은 검찰에서 구국의 결단을 내려야 한다.'

이게 무슨 뜻인가? 바로 대의를 위해 봐주라는 말에 다름이 아니었다.

그런데 힘 있는 자의 편에 붙던 송 검사가 그 사건을 이제야 영장을 집행하려는 것이다.

'배알이 뒤틀렸나? 아니면 국종도 차장과 사이가 벌어져서 서로 보복전?'

"진짜 안 들어올 거야?"

고민하는 사이에 승우가 물었다.

'젠장!'

해골이 아프지만 어쩔 수 없었다. 당장 권오길의 직속 지휘자는 송승우. 더구나 영장을 집행하는 일인데 어쩔 것인가? 권오길은 잰걸음으로 승우를 따라잡았다.

"뭐죠? 여긴 초대장이 없으면 들어오면 안 되는 곳이에요."

민정식이 간부회의를 주재한다는 대회의실. 그 앞에 도착하자 여직원 둘이 승우를 막아섰다. 승우는 그 앞에 체포영장을 내밀었다.

"송승우 검사입니다. 민정식 사무총장 안에 있죠?"

다른 때보다는 정중한, 그러면서 파워가 실린 목소리였다.

"있긴 합니다만……."

"그럼 비켜주세요."

승우는 여직원을 밀고 문을 열었다.

대회의실 안에는 민정식이 재단 간부 직원들과 함께 포진하고 있었다.

"어, 송 검사?"

이미 서로 안면이 있는 터라 민정식이 아는 체를 해왔다. 승우는 뚜벅뚜벅 걸어가 그 앞에 섰다.

"여긴 웬일이오?"

"장미미와 김혜수 아시죠?"

"……."

단 한마디에 사무총장의 얼굴이 굳어버렸다.

"민정식 씨 성폭행이 인정되어 영장을 집행하러 왔습니다."

"그, 그건 이미 무혐의로……."

"유감스럽게도 그건 잘못된 처분이었습니다."

"이봐요, 송 검사. 지금 직원들 앞에서… 이미 수사가 다 끝난 일을 가지고……."

"권 수사관, 미란다원칙 알려드리세요."

승우는 강철 같은 표정으로 권오길을 돌아보았다.

"에, 또 그러니까… 잘 아시겠지만 변호인을 선임할 권리가 있고 불리한 진술 거부권에……."

"송 검사, 왜 이래요?"

"보면 모릅니까? 영장 집행 중입니다."

"당신 제정신이야? 이건 명예에 관련되는 일이라고!"

막다른 벽에 몰린 쥐가 발악을 시작했다. 하지만 승우는 코털 하나 까닥하지 않았다. 지난번에 손을 써준 비리의 대부 국종도 차장에게 연락을 한다고 해도 겁나지 않았다. 아니, 오히려 각오한 바다. 그와의 단절이 기정사실화된다면 비리 검사에서의 탈피도 기정사실화되기 때문이다.

"이번에는 어떤 백을 써도 안 통할 겁니다. 그러니 깔끔하게 갑시다."

승우가 손을 내밀었다. 기다리고 있던 권오길이 새 수갑을 건네주었다.

"새 거지?"

"오면서 포장 뜯었습니다."

"땡큐. 이거 어떤 면에서는 선물이라서 말이야."

승우의 손에서 빛나던 새 수갑이 민정식의 팔목으로 옮겨갔다.

철컥!

빛나는 수갑을 받은 민정식의 얼굴이 흑빛이 되었다.

하지만 그것으로 끝이 아니었다. 재단 경비원들이 일제히 몰려와 문을 막아선 것이다.

"비켜서요! 검찰입니다! 영장 집행을 방해하면 전부 구속될 수 있어요!"

권오길이 선봉의 경비원을 밀며 소리쳤지만 그들은 꿈쩍도 하지 않았다.

어쩌죠?

돌아선 권오길의 눈이 승우에게 물었다. 슬쩍 보니 민정식의 입가에 비웃음과 냉소가 가득 서려 있다. 승우는 그대로 직진해 품의 권총을 뽑아 들었다.

"비켜!"

총구가 이마에 겨누어진 경비가 사색이 되며 후들거렸다.

"비키라고!"

한 번 더 소리치자 완강하던 인의 장벽이 열렸다.

"검사님!"

권오길이 울상을 지었다. 권총을 꺼낼 만한 상황이 아니었기 때문이다. 더구나 법 좋아하는 부류의 인간들이 포진한 곳이니 영장 집행 과정을 문제 삼을 소지가 다분했다.

그러나 승우는 피식 웃으며 그대로 방아쇠를 당겼다.

타앙!

그 소리가 아니었다.

틱!

다소 김빠지는 소리와 함께 주변 사람들의 얼굴에 미묘함이 교차해 갔다. 권총은 라이터였다. 총구 끝에서 작은 불꽃이 나온 것이다.

"실내는 금연이잖아? 담배 한 대 피우려는데 왜 길을 막고

난리야?"

승우는 민정식을 향해 똑같은 비웃음을 날려주었다. 한번 전열이 무너진 경비원들은 더 이상 승우의 길을 막지 않았다.

조사실에 도착한 후로는 일사천리였다. 국종도가 알기 전에, 변호사가 오기도 전에 족쳐 버린 것이다. 모든 사건 개요는 이미 승우의 머리에 있었다. 사석에서 온갖 여성 편력을 자랑해 오던 사무총장이었으니 입도 뻥긋하지 못했다.

'여자는 길들여 줘야 한다.'

그건 사무총장의 신념(?)이었다. 그 신념이 너무나 고고해 승우는 일단 불 꺼진 화장실부터 들렀다. 거기서 민민을 불러 확인했다.

"저 인간도 혹시 색귀(色鬼)가 빙의된 거냐?"

"아뇨."

하늘거리며 민민이 고개를 저었다.

그렇다면 남은 건 승우의 몫이었다.

"……"

민정식은 눈동자만 바삐 굴렸다. 승우의 속내를 알 수 없었던 것이다. 지난번에는 자기편이던 승우. 그런데 왜 느닷없이 칼을 뽑아 든 것인가?

'의원 중에서 누가 나를 죽이려고?'

오죽하면 그런 생각까지 드는 사무총장이다.

"아, 고것들이 의도적으로 나를 유혹한 겁니다. 내 사무실에 들어올 때는 팬티가 보이도록 미니스커트를 올려 입었다니까요."

"술만 마시면 나보고 멋지다느니 연애 한번 하고 싶다느니……."

"어떨 때는 술 한잔하고 노골적으로 기대는가 하면 나하고 여행을 가고 싶다고도 했어요."

지난번 고소 때 민정식의 주된 주장은 이것이었다.

물론 피해자들의 말은 180도 달랐다.

"정규직원이 되려면 미니스커트를 입고 다니라고 했어요."

"기회만 되면 술 한잔하자고 시간을 비우라고 했고… 심지어는 다른 분들과 회식을 한 자정 이후에 집으로 찾아오기도……."

"술만 마시면 껴안고 만지고 키스하고… 여행을 가자고 집요하게……."

장미미가 사무총장에 대한 고소를 결정한 건 공무 해외여행 때문이었다. 딱히 장미미의 수행이 필요치 않은데도 장미미를 끼워 넣은 사무총장. 호텔도 옆방에다 배정하고 저녁만되면 그녀를 불러내 술을 먹었다.

첫날은 치근덕거리다 돌아갔다. 다른 직원이 그를 찾았기 때문이다. 그러다 두 번째는 아예 호텔에서 보조키를 받아와 쳐들어왔다. 장미미에게 과음을 강요한 날이었다.

민정식은 장미미를 덮쳤다. 옷도 다 벗겼다. 하지만 장미미가 필사적으로 반항하면서 무위로 돌아갔다. 장미미로서는 더 참을 수 없는 상황이었다.

귀국 후 고소로 수사가 진행되자 민정식은 적반하장 격으로 나왔다. 같이 간 부하 남직원을 매수해 결백을 주장하는 한편, 장미미를 회사에 불만을 가진 주동자로 몰아 해고하고, 그녀의 아버지가 알코올중독자인 점을 이용해 상황을 유리하게 조작해 버렸다.

결정적으로 비리 검사 송승우가 거기에 있었다. 국종도의 청탁을 받는 승우는 민정식의 손을 들어주었다. 그런 다음 사석에서 친하게 되었다. 술자리도 몇 번 같이했고 봉투도 찔러 준 사이였던 것이다.

"누구요?"

민정식이 물었다.

"뭐가 말입니까?"

승우가 되물었다.

"누가 나를 까라고 한 거요?"

"고소인들 이름도 알지 않습니까? 장미미와 소현아."

"그럼 당신이 내게 개인적으로 섭섭한 게 있는 모양이군."

"전혀. 그저 검사의 역할을 수행할 뿐."

"좋아, 그건 그렇다고 치자고. 그런데 내가 그냥 당하겠어? 당신, 나한테 뇌물 먹은 거 잊었나? 향응도 꽤 받았고."

민정식이 독기를 뿜으며 말했다.

"물귀신 작전을 쓰겠다?"

"귀 좀 빌립시다."

"마음대로!"

승우는 손을 까닥거리며 민정식이 다가올 것을 명했다.

"그러니까 대충 끝냅시다. 그년들이 다시 탄원을 낸 거면 내가 무마하지. 직원으로 채용하든지 돈으로 입을 막든지 할 테니까. 그리고 송 검사 수고비도 섭섭지 않게 챙겨 드리지."

"얼마나?"

"진작 그렇게 나오시지. 한 3천이면 되겠소?"

민정식이 싱그러운 미소를 머금었다.

"좀 더 써요."

"그럼 억?"

"뭐 한 200억이면?"

"뭐야?"

귀를 기울이던 민정식이 정색을 하며 눈살을 찡그렸다.

"능력 없으면 빵에 가. 어차피 당신 그 물건, 약 먹어야 충전되는 거잖아?"

"진짜 왜 이래? 쓰리썸 좋아한다더니 그년들에게 성 상납이라도 받았어?"

민정식이 비꼬는 순간, 승우의 손이 풀스윙의 궤적을 그렸다.

쫘악!

파열음은 상쾌했다. 승우는 유리 너머에서 보고 있을 장미미를 향해 승리의 V 자를 그려 보였다.

"이 새끼가 진짜 미쳤나?"

아직도 상황을 파악하지 못한 민정식이 벌떡 일어섰다. 이번에는 테이블을 그대로 차버렸다. 민정식은 테이블째 밀려가 벽에 충돌했다. 비틀거리며 일어서려는 그 가슴팍을 승우의 발이 내질렀다.

"그래, 미쳤다, 왜?"

"으……"

민정식은 일그러진 얼굴로 겨우 고개를 들었다. 승우는 그 앞에 흡사 태산처럼 버티고 서 있었다.

"열 받아 죽겠지? 당장 여기저기 지인들에게 전화해서 내 목 자르고 싶지? 응?"

"……?"

"당신, 내 소문 들었어? 자신 있으면 해봐. 이에는 이 좋아하잖아? 그런데 이걸 어쩌나? 당신 그동안 나한테 까발린 비리가 한둘이어야지. 당신 외아들 공부 못 해서 외국인학교에 불법으로 넣었다지? 거기 무사히 졸업해야 SKY에 쑤셔 넣을 텐데 말이야. 그리고 아버지 병원에서 의료 사고로 죽은 두 사람, 당신 아버지가 어떤 과실을 했는지도 내가 아직 기억하고 있어서 말이야."

"······!"

"아직 더 있잖아? 당신이 그동안 건드린 여직원이 한 다스도 넘는다며? 그중 일부는 낙태까지 했다지? 그거 의료보험조합 뒤져서 몇 명이나 되는지 뽑아가지고 사모님에게 보내줄까?"

"송, 송 검사······."

민정식의 얼굴이 하얗게 질려갔다. 그 자신이 술자리에서 늘어놓았던 무용담. 그게 지뢰가 되고 있었다.

"그러니까 이 개자식아, 그냥 얌전히 죄 인정하고 콩밥 먹어. 너도 내 비리를 물고 늘어지고 싶겠지만 그건 너 같은 인간들 봐준 게 대다수고 더구나 이미 감찰반에서 다 조사하고 징계까지 받은 일이라는 거 알고 있지? 그중 일부는 네가 의원들에게 부탁해서 무마된 것도 있잖아? 그래서 말하는데, 이번에도 피해자들 억압해서 허튼 합의서나 탄원서 받아내면 네 처가까지 다 털어버린다."

"······?"

"알았으면 고개 끄덕여."

승우의 눈이 불꽃을 뿜었다. 기세에 완전히 질려 버린 민정식. 일단 고개를 끄덕였다.

"땡큐, 앞으로는 착하게 살아라."

승우는 민정식의 따귀를 톡톡 쳐 주고는 돌아섰다.

끼이!

문을 열 때였다. 넋을 놓고 바라보는 민정식의 얼굴에서 뭔가 낯익은 느낌이 강력하게 스쳐 갔다.

기시감!

또 그 기시감이었다.

이상했다. 이미 서로 얼굴을 알고 있는 민정식. 그러니 뭔가 낯익은 느낌이란 아주 생소할 수밖에 없었다.

'간만에 수사 제대로 하려니 익숙하지 않아서 그러나?'

승우는 고개를 갸웃거리며 문을 닫았다.

"검사님……."

참관실로 돌아오자 장미미가 울먹이며 다가왔다.

"이제 맛있는 커피 타줄 용의 생겼어요?"

"네……."

장미미가 울먹이며 고개를 떨어뜨렸다. 그걸 보며 승우는 뒤편의 권오길에게 힘차게 지시를 내렸다.

"뭐 해, 빨리 가서 조서 받지 않고?"

　　　　　*　　　　　*　　　　　*

　"위하여!"

　민정식의 1차 조사를 마친 후 승우는 수사관들과 삼겹살집에서 뭉쳤다. 조금 늦긴 했지만 유 계장도 동참했다. 하지만 수사관들은 생각보다 즐기는 모습이 아니었다.

　"왜?"

　한 잔을 넘긴 승우가 넌지시 물었다.

　"요즘 검사님이 너무 변한 거 같지 말입니다."

　구석에 앉은 차도형이 머리를 긁적거렸다. 틀린 말이 아니었다. 회식만 해도 그렇다. 승우의 회식은 뻑적지근하기로 유명했다.

　일단 시작은 고급 일식집이나 강남의 청정한우전문점 정도였다. 1차에서만 100만 원이 우습게 나왔다. 물론 승우가 내지 않았다. 때가 되면 카드를 들고 달려오는 빠라끌리또, 즉 딸랑이들이 한둘이 아니었다.

　그다음은 고급 와인바 아니면 특급호텔로 직행이다. 여기 나오는 와인도 수사관들 한 달 월급을 넘는 게 많았다. 물론 여기서도 승우는 당연히 계산을 하지 않았다.

　수사관들을 3차로 옮겨놓으면 승우는 빠라와 나란히 사라진다. 물론 수사관들은 알고 있었다. 승우가 어디로 가는 건지.

그런데 지금 소박하고도 소박한 삼겹살집에서 회식을 하고 있다. 그 흔하던 빠라, 소위 승우의 알랑방귀들도 코빼기도 보이지 않았다. 게다가 승우는 동료 선후배 검사들의 눈총을 무릅쓰고 풀어준 민정식을 구속까지 하고 왔지 않은가?

"왜? 나는 좀 이러면 안 돼?"

승우가 소주를 받으며 물었다.

"뭐 그렇다는 건 아니지만… 갑자기 변하시니 겁이……."

"그동안 고생 많이 한 거 아니까 많이들 먹어. 앞으로는 나도 열심히 해볼게."

어색하기는 했지만 진심이다.

그 말이 끝나기가 무섭게 나수미가 고개를 발딱 들었다. 도무지 믿기지 않는다는 표정이다. 그 멘트 또한 송승우 타입이 아니었기 때문이다.

호언장담에 지위 과시!

그걸 빼면 승우에게 뭐가 남을까? 누구보다 승우를 잘 아는 수사관들이기에 급변한 풍경이 그저 얼떨떨할 뿐이다.

"어허, 다들 왜들 그래? 검사님이 한턱 쏘면 쏘는 대로 먹지 싼 거라서 안 먹겠다는 거야, 뭐야?"

눈여겨보던 유 계장이 분위기 정리를 시도했다.

"누가 뭐랍니까? 계장님은 침대에서 푹 쉬더니 목소리만 커져가지고……."

차도형이 구시렁거리며 소주를 넘겼다.

"부러우면 차 수사관이 내 대신 가서 병원 침대에 누워 있든지."

"어, 소주 마셔도 됩니까?"

유 계장이 소주를 넘기자 차도형이 받은소리를 냈다.

"한두 잔이야 어떻겠어? 까짓것, 먹다 죽으면 검사님이 순직 처리해 주겠지, 뭐. 안 그렇습니까?"

유 계장의 시선이 승우에게 건너왔다.

"그럼 딱 넉 잔만 드세요."

승우가 소주병을 집어 들었다. 승우를 비롯해 일인당 한 잔씩만 따르라는 뜻이다.

"아무튼 내가 없으니까 분위기가 많이 바뀐 거 같은데요? 송 검사님도 실력을 발휘하기 시작했고 직원들도 표정이 밝아진 것 같으니……. 이 기회에 그냥 사표 낼까?"

"실력 발휘요?"

승우가 물었다.

"에이, 내가 병원에 있으면 모를 거 같습니까? 박수무당 사건, 척 보니 누가 맡아도 미궁으로 빠질 건이던데 어떻게 된 겁니까?"

"그게 아무리 봐도 우리 검사님하고 찰떡궁합 사건 같았습니다. 검사님이 무속 쪽으로 막강하게 빠삭하셔서 사건 얼개를 초장에 잡아버렸거든요."

차도형이 짧은 설명을 보탰다.

"저도 놀랐어요. 주요 단서를 전부 송 검사님이 찾았더라고요. 게다가 지원 나온 김혁 검사님 사건까지 단서를 찾아주셨으니⋯⋯."

이번에는 나수미였다.

"김 검사님 사건까지요?"

안주를 집던 유 계장이 고개를 들었다.

"그건 뭐 그냥 기브 앤 테이크였어요. 김혁이 나를 도왔으니 나도 좀 도우려는 의도였는데 운 좋게⋯⋯."

"오, 우리 송 검사님, 결국 내공이 발휘되는군요."

"예?"

"솔직히 검사님이 좋은 쪽으로 변한 거 같아서 말씀드리는데, 진짜 대형 검사는 순딩이 모범검사가 아니라 평지풍파 다 겪은 검사님들 중에서 나오는 법입니다. 그 저번에 검찰총장 하신 계영춘 총장님 있죠? 그 양반도 초임 때는 완전 개차반이었답니다. 오죽하면 지검장이 데려다 그따위로 하려면 사표 내라고 야단친 게 한두 번이 아니었다지 않습니까?"

"하핫, 그럼 우리 송 검사님이랑 도긴개긴⋯ 읍!"

생각 없이 웃던 권오길이 급히 입을 막았다. 그런 다음 슬며시 승우를 바라보는 권오길. 승우는 아무 일도 아닌 듯 웃어넘겨 버렸다.

"그런데 보십시오. 어느 날 대오각성, 오직 국민을 위해 일하겠다고 선언하더니 그때부터 초대형 사건 해결하면서 쭉쭉 출세 가도. 결국에는 동기에 선배 기수까지 다 뛰어넘어서 검찰총장 해먹었지 않습니까?"

"뭐 내가 거기까지야……."

승우가 담담하게 응수했다.

"아닙니다. 송 검사님도 한번 질러보세요. 원래 사회에서도 범생이보다는 다양하게 경험한 애들이 성공하지 않습니까?"

"참고하지요. 그나저나 출근은 언제부터 하실 겁니까?"

"뭐 쉬는 김에 진단서대로 쉴까 했는데 나 없이도 사무실이 잘 돌아가는 꼴을 보니 자칫하면 책상 뺄 거 같고… 다음 달 초부터 나오겠습니다."

"어머, 정말요?"

제일 반색한 건 나수미였다. 사무실에서 제일 나이가 어린 그녀. 왕고참이자 경험이 풍부한 유 계장이었으니 그의 빈자리가 몹시 아쉬웠을 그녀이다.

술자리는 조촐하게 끝냈지만 결국 고춧가루가 끼고 말았다. 어떻게 알았는지 열렬한 빠라가 하나 등장한 것이다.

"아이고, 송 검사님! 전화까지 꺼버리고……."

40대 중반의 업자인 그는 삼겹살집에 들어서기가 무섭게 호들갑부터 떨었다.

'전화를 꺼?'

그제야 수사관들의 시선이 승우의 핸드폰으로 옮겨갔다. 그리고 보니 아까부터 한 번도 울리지 않았다.

"권 회장이 웬일입니까?"

승우가 물었다.

"아따, 이러시면 안 되지요. 아, 대한민국 검사가 이따위 삼겹살이 뭡니까? 후딱 일어나십시오. 제가 바앙금 재팬에서 물 건너온 흑소, 와규 전문점으로 모시겠습니다."

"다 먹었는데?"

"아무튼 일어나세요. 이런 기름 덩어리 드시면 큰일 못 합니다. 콜레스테롤 늘어나면 성인병 걸린다고요. 수사관님들도 어서!"

업자는 승우의 손을 잡아 세웠다. 하지만 승우는 그 손을 가볍게 뿌리쳤다.

"권 회장님!"

"네?"

승우의 목소리에 힘이 실리자 업자의 눈이 휘둥그레졌다.

"직원들하고 회식 중이잖아요? 그리고 아무 때나 불쑥불쑥

나타나지 마세요!"

"에이, 우리 사이에……."

탕!

순간 승우가 테이블을 내려쳤다. 앙다문 입술과 단호하게 구겨진 눈썹, 목소리까지 파워풀하게 흘러나왔다.

"말귀 못 알아들어? 내가 당신 친구야?"

질책하는 소리에 검사의 위엄이 가득했다. 기세에 놀란 업자는 찔끔 물러서고 말았다.

"가서 일보세요."

"그, 그럼… 다음에는 꼭 불러주십시오!"

업자는 허리가 부러져라 인사를 올리고는 고개를 갸웃거리며 술집을 나갔다.

"대충 먹었으니 2차?"

승우가 물었다.

"뭐, 좋지요."

다들 승우의 눈치를 살피느라 바쁘지만 유 계장은 달랐다. 관록이 있는 그였으니 방금 전의 상황을 머리에 담아두지 않았다.

"어, 나수미 씨, 잠깐!"

커피전문점에 자리를 잡은 후에 수미가 카운터로 가려 하자 승우가 막았다.

"카페모카 드신다면서요?"

"아니, 내가 가져올게."

그 한마디가 또 직원들의 눈을 뒤집어놓았다. 늘 다리를 꼬고 앉아 차 가져오기만 기다리던 승우. 그러다 혹시라도 알바가 실수라도 하면 불호령을 내리며 주인을 호출하던 그다.

"계장님!"

승우가 멀어지자 차도형이 입을 열었다.

"왜?"

"우리 검사님, 우리 엿 먹이려고 떠보고 있는 건 아니겠죠?"

"왜? 나 없을 때 단체 항명이라도 했어?"

"그건 아니지만 솔직히 우리가 검사님을 내심 씹어온 건 사실 아닙니까?"

"왜 우리야? 난 병원에 있었는데."

"아무튼 불안하잖습니까? 저런 분이 아닌데."

"처음부터 나쁜 사람 있어? 송 검사님도 선배 잘못 만나서 그렇게 된 건데."

유 계장은 알고 있었다. 승우의 시작이 어디서부터 잘못되었는지. 첫인상은 좋던 승우. 그렇기에 한편으로는 아쉬움도 많던 유 계장이다.

"커피 나왔습니다. 그동안에도 내 뒤통수 많이들 씹으셨습니까?"

차를 가져온 승우가 너스레를 떨며 물었다.

"그럼요. 여기 차 수사관이 제일 많이 씹었고 다음이 권오길이, 그다음이 나수미입니다."

유 계장이 농담을 제대로 받아쳤다.

"아, 진짜… 내가 언제 제일 많이 씹어요? 그렇잖아도 징계 건 때문에 속 타는 사람한테."

차도형이 볼멘소리를 내며 커피를 들이켰다.

'징계?'

그제야 차도형의 징계위 회부 건이 떠오르는 승우. 우선은 못 들은 척하고 커피를 비워 버렸다.

"아, 진짜 다른 검사님들 같으면 나서서 변론이라도 좀 해줄 텐데……."

대리기사를 따라 자가용에 오를 때 차도형의 탄식 소리가 들려왔다. 유 계장에게 신세타령을 쏟아놓는 모양이다. 승우는 무심하게 뒷좌석에 올랐다.

"들어가십시오!"

유 계장이 가볍게 묵례를 해왔다. 승우는 손을 들어 직원들에게 작별을 고했다.

집으로 돌아오니 자정이 가까웠다. 샤워를 한 다음 침대에 누웠다. 하루가 어떻게 지나간 걸까? 빠라끌리또 없이 회식을 한 건 306호를 차지한 이후로 처음 있는 일이다.

빠라끌리또!

승우는 그 단어를 곱씹으며 웃었다. 이 말은 히브리어에서 따온 말이다. 다른 뜻은 눈곱만큼도 없다. 국 부장은 자기의 딸랑이와 알랑방귀 떼를 스폰서라고 불렀다. 혹은 협찬자라고도 불렀다. 그 즈음에 목사 사기꾼 사건을 맡았던 승우. 그 목사가 히브리어에 능통하기에 물어본 말이다.

빠라끌리또!

발음이 좀 빡세긴 하지만 괜히 있어 보였다. 그때부터 승우는 자신의 딸랑이들을 빠라라고 칭했다. 다섯 자 다 부르기엔 너무 길었던 것이다.

승우의 빠라는 두 갈래였다. 민간인이나 사업자, 혹은 협회의 브로커 비스무리 인간 군상과 승우가 아킬레스건을 잡고 있는 공무원 계열의 밉상들. 그 안에는 물론 검찰 관련자도 많았다.

그 리스트를 주르륵 기록한 수첩은 이제 승우 손에 없다.

하지만 새로운 빠라끌리또가 생겼다.

일당백, 아니, 그런 수식어로 대신하고 싶지 않은 순수 덩어리, 바로 민민이다.

승우의 몸에 24시간 붙어 있는 민민. 그러면서 알라딘의 마술 램프처럼 부르면 나오는 민민. 그때마다 머리카락 한 올이 필요한 게 옥의 티이긴 하지만 큰일은 아니었다.

민민.

생각만 해도 마음이 정화되는 듯한 순백의 혼. 그러고 보니 허영으로 가득한 쓰레기 한 트럭을 버리고 그 자리에 민민을 채운 것만 같았다.

하르르!

머리카락을 뽑아놓자 민민이 빛이 되어 피어나왔다.

'밍글라바!'

승우는 자신도 모르게 그 말을 먼저 되뇌었다.

"밍글라바!"

이어 민민의 소리가 승우의 귀를 간질이며 청아하게 밀려나왔다. 찌든 승우의 목소리와는 비교도 안 되게 맑았다.

"오늘 나 어땠냐?"

"괜찮았어요."

"다 봤냐?"

"가끔요."

"그럼 나 꿀잠 가능?"

"아마요."

"그런데 혹시 우리 엄마도 나 봤냐?"

"당연하죠. 아저씨 엄마는 늘 아저씨 곁에 있어요."

"지금도?"

승우가 돌아보며 물었다.

"네, 늘."

"좋아하시던?"

"그럼요."

"흐음, 기분 괜찮은데?"

"잘 자세요."

민민은 하늘거리다 시야에서 사라졌다. 승우는 엄마의 메모를 머리맡에 두고 눈을 감았다. 잠의 파도가 금세 승우를 덮쳐 왔다.

*　　　*　　　*

다음 날 아침, 수사관들이 출근했을 때다. 승우는 보이지 않았다. 그런데 책상 위에 숙취제거제가 하나씩 놓여 있다.

"수미 씨가 사왔어?"

차도형이 아랫배를 문지르며 물었다. 술을 마시면 과민성대장증세가 오는 차 수사관. 알면서도 오늘 떨어질 징계 결과에 신경이 곤두서 권오길과 한잔을 더 때린 그였다.

"아뇨!"

"시치미는, 그럼 누가 있어? 아무튼 고마워."

"진짜 아닌데?"

수미는 어깨를 으쓱해 보였다.

"그나저나 꿈은 잘 꾼 겁니까?"

권오길이 숙취제를 따며 물었다.

"될 대로 되라지. 그게 뭐 내 힘으로 될 일이야, 높은 놈들 꼴리는 대로지?"

차도형 역시 숙취제 마개를 땄다.

차도형의 징계.

따지고 보면 원일 유발은 승우였다. 유 계장이 병가에 들어간 이후 사무실이 흔들렸다. 중심을 잡아주던 유 계장의 빈자리가 컸던 것이다. 그때 배정된 사건이 말썽을 불러왔다. 애당초 사건의 진실에는 관심이 없는 승우가 피의자를 긁어 자존심에 상처를 내버렸다. 그러고는 차도형에게 마무리를 넘겼다.

모욕을 받은 피의자는 차도형이 들어오자 자해에 버금가는 난동을 피우며 억울함을 호소했다. 그걸 말리던 차도형. 그를 주저앉힌다는 게 완력이 심해 발목뼈를 상하게 하고 말았다.

사실 다른 검사의 조사 과정이었다면 무마될 수도 있었다. 하지만 승우가 누구인가? 검찰의 감찰반에서도 학을 떼는 단골손님이었으니 꿩 대신 닭이라고 차도형이 엮인 것이다.

감봉 3개월, 그리고 승진 불이익.

차도형은 각오하고 있었다. 감찰반에서 들은 말도, 요로를 통해 알아본 처벌도 그와 다르지 않았기 때문이다.

따르릉!

수미가 커피를 만들고 있을 때 전화가 울렸다.

"감사합니다. 검찰청입니다."

잔을 내려놓은 수미가 전화를 받았다.

"잠깐 기다리세요. 차 주임님, 징계위……."

수미는 수화기를 막은 채 전화를 차도형에게 돌렸다.

"젠장, 어차피 떨어질 징계라는 거 아는데 꼭 아침 댓바람부터 김새게 해야 하나?"

차도형은 인상을 구기며 전화를 받았다.

"예, 차도형입니다. …뭐라고요? 정말입니까?"

통화하던 차도형이 벌떡 일어섰다.

"으아, 고맙습니다. 정말 고맙습니다. 예? 그게… 그렇게요?"

좋아하던 차도형의 눈이 다시 좁아졌다.

"왜요? 뭐가 잘못됐습니까?"

차도형이 수화기를 놓자 권오길이 물었다.

"검사님 어디 가셨어?"

"글쎄요? 출근하긴 하신 겁니까?"

권오길이 어깨를 으쓱거렸다.

"아, 이 친구, 검사님 오고 가는 것도 몰라? 빨리 찾아봐!"

차도형이 버럭 소리를 질렀다. 그때 승우가 들어섰다.

"검사님!"

차도형이 밭은소리를 냈지만 승우는 모른 척 책상에 앉았다.

"검사님."

그 앞으로 다가선 차도형의 목소리가 떨렸다.

"뭐?"

"아, 진짜 이러시면 어떡합니까?"

차도형의 목소리에는 하소연과 감격이 반씩 섞여 있었다.

"그러니까, 뭐?"

"방금 감찰반에서 연락받았습니다. 왜 제 징계를 검사님이……."

"그것들이 벌써 나발 불었어?"

"예."

"하여간 입 싸기는… 말하지 말랬더니……."

"검사님!"

"나야 기왕에 버린 몸이잖아? 보라구. 그동안 받은 시말서에 징계장이 한 묶음이나 되니 한 장 더 보탠다고 별거겠어? 그리고 차 수사관은 곧 애도 있을 몸이니……."

"검사님……."

"아, 그만 징징거리고 가서 일해. 언제는 비리 검사라고 잘도 씹어대더니……."

승우가 괜히 책상을 내려쳤다. 그걸 지켜보던 권오길과 나수미도 피식 웃었다. 다른 때처럼 뺀질뺀질, 권위 의식 빵빵한 호통이 아니었기 때문이다.

"우리 검사님, 진짜 변한 거 같지 않아?"

권오길이 말했다.

"그러게요. 때늦게 철이 드신 건가? 아, 그러고 보니 아까 그 숙취제거제도 검사님이 가져온 것 같네요."

"분위기가 그렇지?"

"네."

"하긴 어제 민정식 체포할 때 보니까 전처럼 무슨 계산이 있는 건 아닌 것 같더라고. 뭔지 모르지만 검사님이 변한 건 확실한 거 같아."

"아우, 그럼 권 수사관님, 부서 이동 신청 안 하겠네요?"

"응?"

"비리 검사랑 일하기 싫다고 다른 부서로 보내달라고 신청 한다면서요?"

"아, 그건 비밀이라니까."

"알았어요. 알았으니까 나중에 밥 한 끼 사세요."

마무리를 하는 수미의 입에도 미소가 번져 갔다.

*　　　　*　　　　*

표표 앞에 두 유골함이 놓였다. 민민과 뮤뮤의 것이다. 그
녀는 눈물을 머금은 채 유골함을 쓰다듬었다.

"차 수사관!"

"예, 검사님!"

차도형은 산뜻하게 대답했다. 골머리를 썩던 징계 건이 해
소되었기 때문이다.

"유골함 좀 보고 있어. 난 표표 씨하고 잠깐 할 얘기가 있어
서……."

"그러십시오. 여긴 걱정하지 마시고."

차도형의 대답을 들으며 승우가 앞서 걸었다. 출국장 끝에
는 빈 휴게실이 있었다. 새로 단장 중인 곳인데 승우가 미리
관리자의 사용 허락을 받아두었다.

"기분 어때?"

휴게실에 들어선 승우가 물었다.

"……."

표표는 대답하지 않았다.

"민민 걱정은 하지 말고."

"……."

"그런데 표표가 이름이야? 뮤뮤도 그렇고."

"미얀마에는 표표나 뮤뮤라는 이름이 흔해요."

"그렇군."

"고마워요."

"나는 그런 소리 들을 자격 없어."

"……"

"미안해. 한국 사람으로서, 한국 남자로서."

두 가지 다 진심이다.

"괜찮아요. 나는 한국 남자 쳐다보지 않을 거니까."

어쩌면 한이 맺혔을 표표, 승우는 그 기분이 이해되었다.

"이거 받아."

승우가 봉투 하나를 내밀었다. 책상 서랍에서 가져온 것이다. 서랍을 정리하다 보니 봉투가 몇 개 보였다. 언젠가 빠라들이 찔러주고 간 걸 처박아둔 모양이다. 딱히 누가 준 건지 기억도 나지 않았다. 그래서 달러로 환전해 버렸다. 어쨌든 표표에게는 긴요할 수도 있었다.

"이런 건 필요 없는데……."

표표가 봉투를 다시 밀었다.

"그거 안 받으면 민민 안 보여줄 거야."

"……?"

"가기 전에 민민에게 인사하고 가야지."

"민민……."

"그러니까 빨리 집어넣어."

"알았어요."

표표는 그제야 봉투를 가방에 챙겼다.

"고마울 거 없어. 그거 대한민국 정부가 주는 위로금이라고 생각해. 그래봤자 턱도 없겠지만."

"민민에게 인사하게 해주는 걸로 충분해요."

미얀마 사람들은 눈물이 많은 걸까? 표표의 눈에서 눈물이 아롱지기 시작했다. 승우는 자리에서 일어나 전등을 껐다. 대낮이지만 불을 끄니 제법 어두워 보였다.

민민은 흐린 빛으로 손목에서 피어올랐다. 그러더니 차츰 선명해졌다.

"민민……."

표표가 한 발 다가섰다.

"보여? 안 보인다더니?"

승우가 물었다.

"안 보여요. 하지만 느낄 수 있어요."

표표가 손을 내밀자 민민이 그 손 위로 올라갔다. 표표는 소중한 보물을 안 듯 가만히 가슴에 안았다.

"민민, 꼭 좋은 데로 가야 해."

"응!"

민민이 대답했다. 물론 그녀는 듣지 못했다.

"그래서 엄마하고 할아버지하고 만나서 행복하게 살아."

"응!"

"민민이 살던 집하고… 민민하고의 추억은 내가… 내가 지키고 살다가… 나중에 만나."

표표는 거기서 울컥 가슴이 미어지고 말았다.

"응!"

"민민……."

그녀는 결국 무너졌다. 민민은 그녀의 품에서 빠져나와 야윈 얼굴을 어루만져 주었다. 그 광경을 가만히 지켜보던 승우는 결국 눈자위가 뜨거워져 문 쪽으로 고개를 돌렸다. 오래 걸리지는 않았다. 곧 표표의 목소리가 들려온 것이다.

"이제 됐어요."

표표는 언제 그랬냐는 듯 당찬 모습이다. 하긴 정말 당찬 여자였다. 그랬기에 주인을 위해 혈혈단신 한국으로 날아왔겠지. 그랬기에 주인의 특명을 완수했겠지. 그랬기에 승우 같은 불량검사를 맞이해서도 굽힘없이 자기의 소신을 밝혔고, 그랬기에 승우에게 다른 길을 열어놓은 표표였다.

"표표!"

승우는 먼저 나가는 표표를 불러 세웠다.

"네?"

"한국 남자 다 미워하지는 마. 한국 남자가 전부 이강순 같지는 않으니까."

"다 안 믿어도……."

표표는 승우를 똑바로 바라보며 당차게 말을 이었다.

"당신은 믿을 거예요."

"나?"

승우와 표표의 시선이 마주쳤다.

"왜냐면……."

"……?"

"민민의 내일이 당신에게 달렸으니까."

표표의 목소리는 그게 끝이었다. 그녀는 뒤도 돌아보지 않은 채 출국장으로 들어갔다.

"처음 여기서 볼 때하고는 완전 다르죠? 작지만 진짜 대단한 아가씨 같습니다."

승우 옆에서 차도형이 말했다.

"작은 거인?"

"그리네요. 작은 거인이란 말이 진짜 딱입니다."

차도형이 웃었다.

작은, 그러나 누구보다 충성스러운 거인 표표. 그녀는 그렇게 한국을 떠나갔다. 작지만 충성스럽게 끝까지 주인을 챙겨 안고서.

"송 검사님!"

사무실로 돌아왔을 때다. 서류를 뒤지던 권오길이 파뜩 고개를 돌렸다.

"왜?"

"그렇잖아도 전화 드리려던 참인데……."

"나 숨 안 넘어가니까 천천히 말해."

승우는 의자를 당겨 엉덩이를 걸쳤다.

"허 차장님이 돌아오시는 대로 차장실로 오라고……."

"나?"

"눈치를 보니 민정식 사건 때문인 것 같습니다."

'시작이군.'

승우는 본능적으로 알았다. 민정식이 라인을 동원하기 시작했다는 걸.

"괜찮겠습니까?"

막 엉덩이를 드는 승우에게 권오길이 물었다.

"뭐가?"

"아시면서."

"허튼 생각 말고 민정식 주변 여직원들 피해자 확보나 신경써."

승우는 별일 아니라는 듯 복도로 나왔다.

민정식!

그냥 당하기만 할 건 아니라는 건 알고 있었다. 그가 몸담고 있는 재단은 빵빵한 정치 세력이 많은 곳이다. 그러니 당연히 권력과 친분도 있었다. 무엇보다 재단이 불미스러운 일에 얽히면 거기 소속된 정치인들의 이미지가 더럽혀질 수 있었다.

"어이쿠, 송 영감님 오시는군."

허 차장 방에서 승우를 반긴 건 국종도였다. 민정식의 구원투수로 온 모양이다.

"앉지."

허 차장이 자리를 권했다. 그나마 오 부장이 배석하지 않은 게 다행이었다.

"이 사람, 왜 이렇게 긴장해? 나 공무차 왔다가 허 차장에게 인사나 하고 가려고 들른 거야."

"……."

"듬직해. 이젠 실력까지 일취월장하고 말이야."

국종도는 밀리 돌고 있었다. 그의 주특기다. 그는 돌직구를 좋아하지 않았다. 상대가 저절로 알아듣게 하는 것, 그게 그의 수완이었다.

"우리 송 검사가 평검사 한 지도 꽤 됐지? 그럼 이제 부부장 정도는 달아야지."

"……."

"다음번 인사 때 좋은 소식 있을 거야. 그러니까 계속 분발하라고."

승우의 등을 두어 번 친 국종도가 일어섰다. 딱 한마디를 남기고서.

"잘 부탁해!"

그의 청탁은 그게 끝이었다.

'다음은 허 차장이 나설 차례.'

이어질 코스까지 꿰고 있는 승우였다. 낯 뜨거운 말은 다른 사람에게 떠넘기는 국종도. 아니나 다를까, 허 차장의 입이 열리기 시작했다.

"민정식 사무총장 말이야. 큰 건도 아닌데 재수사가 왜 필요했나?"

"……."

"웬만하면 좋은 쪽으로 가자고. 그 양반, 정치권에 인맥이 많아서 자네가 싸우기엔 벅차. 더구나 이승준 사건으로 전방위로 신경이 곤두선 그들인데 기름을 부을 필요는 없잖아?"

"국 차장님 때문이라면……."

승우는 천천히 남은 말을 이었다.

"제가 책임지겠습니다."

"자네가?"

국종도와의 관계를 잘 아는 허 차장은 그 말 뒤에 토를 달지 않았다. 묵시적인 동의인 셈이다.

승우는 복도로 나왔다. 전화기를 뽑을 때 양 부장이 보였다. 그는 수사관들과 함께 살인 피의자를 데리고 나오고 있었다. 얼마 전에 체포된 살인 혐의자였다.

유일한 목격자가 인상착의를 기억하지 못해 최면 수사까지 동원된 사건이었는데, 양 부장의 표정을 보니 범행 자백을 받아내는 데 실패하고 풀어주는 모양이다. 40대의 범인은 아주 양순해 보였다.

"이어, 송 검사."

양 부장은 승우를 보더니 말을 건넸다.

"……."

"국 차장 왔던데 못 만났나?"

"온 줄 몰랐는데요?"

승우는 시치미를 떼었다.

"그래? 난 또 둘이 아삼륙이라 민정식을 가운데 놓고 어르고 뺨치려고 온 줄 알았더니."

아삼륙!

귀에 거슬렸다. 하지만 대꾸하지 않았다.

"잘해보라고."

양 부장은 피의자를 인솔해 복도를 나갔다. 티셔츠의 칼라를 잔뜩 세운 범인이 문득 승우를 바라보았다. 조롱이라기엔 어쩐지 낯설었다. 마치 사람의 미소가 아닌 것만 같았다.

돌아서는 그의 칼라 위로 붉디붉은 꽃잎 문신이 언뜻거리다 사라졌다. 몹시 눈에 거슬렸다.

'하긴 개나 소나 문신을 하는 세상.'

복도가 조용해지자 승우가 전화기를 터치했다. 수신자는 국종도였다. 그가 먼 곳에 있지 않으리라는 것을 승우는 알고 있었다.

"어디 계십니까?"

국종도가 전화를 받자 승우가 물었다.

"지금 가죠."

짧게 통화하고 전화를 접었다. 오랫동안 그의 그늘에서 살아온 승우이다. 그러니 피한다고 될 사람은 아니다.

'승부처!'

승우는 생각했다. 국종도를 못 넘으면 비리 검사에서 벗어나기 힘들었다. 수첩을 돌려줌으로써 단절 신호를 보낸 승우. 이번에는 날 선 도끼로 희미하게 남은 고리를 박살 내야 할 때였다.

4장
송충이도 뽕잎을
먹을 수 있다

"대체 왜 그래?"

작은 찻집에 자리를 잡은 국종도가 본색을 드러냈다. 이제는 승우와 둘뿐이니 조심할 것도 없었다. 서로의 치부를 훤히 알고 있는 비리 동지(?)가 아닌가?

"다른 거 없습니다. 인간이 워낙 악질이라……"

"그게 말이 돼?"

되지 않았다. 처음에는 민정식을 봐준 승우. 그때는 봐주고 이제 와서 구속을 하겠다니 뒷배를 봐준 국종도가 질색하는 것도 당연했다.

"나한테 불만 있나?"

"없습니다."

"그런데 왜?"

"말씀드렸지 않습니까? 저도 이제 검사 생활 제대로 하고 싶다고."

"제대로?"

국 차장이 고개를 들었다.

"예!"

"송충이는 솔잎을 먹어야지 뽕잎 먹으면 죽어."

"……!"

그 한마디가 승우의 가슴을 관통하고 지나갔다. 여기서 말하는 송충이는 송승우다. 성씨와 속담을 버무려 교묘하게 빈정거리는 것이다. 머리부터 발끝까지 발끈 성깔이 치밀었지만 꾹 눌러두고 말을 받았다.

"원래 송충이가 아니고 누에였나 보죠."

"송 검사!"

"그동안 국 차장님이 배려해 주신 건 깡그리 잊겠습니다. 노하우와 정보, 그 외에도 모든 것……."

승우는 직선을 그었다. 다른 길을 가겠다는 의지이다.

"그래서 수첩을 반납한 건가?"

"예!"

"머릿속에 든 건?"

"그건 이미 망각했습니다."

"은혜를 저버리겠다?"

'은혜?'

또 한 번 승우의 가슴에서 불길이 치솟았다. 하지만 그 또한 가슴에 우겨넣었다. 비리와 향응, 온갖 부정부패로 뭉쳐 있던 스승과 제자 사이. 그런 비유가 가능한 시기가 있었으니 어떤 말을 붙인들 부정하기 어려웠다.

"차장님도 곧 고위직이 되실 거 아닙니까? 그러니 저 같은 놈하고 선을 그으시는 게……."

이롭습니다.

나머지 말은 말줄임표로 대신했다.

"그렇게 하지!"

뜻밖에도 국종도가 흔쾌히 동의하고 나섰다. 딱 하나 옵션을 걸면서.

"주지육림에도 질린 모양인데, 그럴 수도 있어. 마음대로 하라고. 그러니 민정식만 눈감아줘. 나도 체면이 있잖아."

"차장님."

"그 양반 직함이야 별거 아니지만 여야에 두루 선이 닿는 사람이야. 그나마 내가 나섰으니 이렇게 자네 면이라도 세워주지 혹시라도 다른 권력자가 나서면 자넨 바로 사표야. 알잖아?"

국 차장은 넌지시 승우를 압박해 들어왔다.

"사표 내죠."

승우는 바로 말을 받았다. 그리고 뒷말에 쐐기를 박아주었다.

"제 사표는 상관없지만 행여 차장님에게도 오물이 튈까 두렵습니다."

"......!"

국 차장의 미간이 격렬하게 일그러졌다. 승우가 배팅을 날린 것이다. 내가 죽으면 당신도 죽는다. 서로 치부를 너무나 잘 아는 우리. 그러니 건드리지 마. 승우가 쐐기에 묻힌 독은 그것이었다.

"막가자는 것인가?"

"저는 다만 차장님께 누가 되기 싫을 뿐입니다."

승우는 한 번 더 강조했다.

"결국 민정식을 죽이겠다?"

"그는 성추행을 밥 먹듯이 했고, 범죄에 대한 벌을 받는 것뿐입니다. 죄가 없다면 법원에서 알아서 무죄를 선고할 테고. 다시 말씀드리지만 차장님과 감정이 있는 건 전혀 아닙니다."

"그런데 왜 나는 그렇게 느껴지지?"

"그건 제가 알 수 없지요."

"그렇게 자신 있어? 내가 알기로 자네는 수사 전문이 아니야. 밀어붙여 봤자 민정식이 거물 변호사 세우면 유죄 이끌어내기도 어려울 테고."

국종도가 다시 승우의 현실을 각성시켰다.

"생각해 주시니 고맙습니다. 기왕 저지른 일이니 그 우려에서 벗어날 수 있도록 최선을 다해보겠습니다."

"이유 없는 반항이라면 나중에 후회할 걸세. 이 조직에서 자네의 확실한 우군은 나뿐이니까."

'우군.'

"솔직히 자네, 개천에서 난 용이라 백도 없잖아? 우군 없으면 검찰 바닥에서 버티기 힘들어."

"누가 그러던데, 검사의 우군은 국민이라더군요."

"말장난을 하자는 건가?"

"들은 대로 전하는 것뿐입니다."

"국민을 팔려면 김혁 정도는 되어야지. 그건 자네 입에 올릴 단어가 아니야."

국종도가 일어섰다. 그는 찻값을 내지 않고 나갔다. 승우는 한동안 움직이지 않았다.

전쟁!

그것에 다름 아니었다. 비리 검사 생활을 청산하는 것도 쉬운 일은 아닌 것 같았다. 승우는 유리를 보았다. 유리에 승우의 모습이 희미하게 비쳐 있다.

'수호령.'

승우는 민민을 떠올렸다. 수호령이 되어 승우를 지켜보고 있는 엄마. 이런 구겨진 얼굴을 보면 싫어할 것 같았다. 승우는 아무 일 없는 것처럼 휘파람을 불며 일어섰다. 그런 다음 카운터에서 한 잔 값만 계산했다.

"두 잔인데요?"

알바생이 말했다.

"난 한 잔만 마셨는데?"

"같이 있던 분은요?"

"모르는 사람이야."

승우는 그대로 입구로 걸었다. 그러자 알바생이 총알처럼 승우를 앞서 뛰어나갔다.

"아저씨! 아저씨! 커피값이요!"

막 자가용에 오르는 국 차장에게 소리치는 알바생. 말을 전해 들은 국 차장이 승우를 우묵하게 바라보았다. 승우는 어둠 속에 서서 그를 향해 손을 들어 보였다. 또 한 번의 작별 인사였다.

잘 가요. 나는 다른 길을 갑니다.

승우는 도끼를 들어 그와 연결된 작은 선 하나까지 내려쳐 버렸다.

자가용으로 돌아왔을 때 권오길에게서 전화가 왔다. 민정식이 거물 변호사를 선임했다는 정보였다. 예상한 일이었으므로 놀랍지도 않았다.

'증거를 확실하게 확보해야겠군.'

그러자면 더 많은 피해자의 고소와 증언이 필요했다. 차에 기대 찬찬히 생각할 때였다. 어디선가 빨간 공이 날아왔다.

'누구지?'

공을 들고 주변을 돌아보자 뒤쪽에서 꼬마 목소리가 들렸다.

"아저씨!"

뒤돌아보니 하나가 아니라 둘이었다. 그것도 옷까지 똑같이 차려입은 쌍둥이 꼬마.

"너희가 찼냐?"

"네!"

"이런 데서 놀면 위험해. 어두워졌으니까 빨리 집에 가라."

승우는 그 말과 함께 공을 살짝 던져 주었다.

"엄마!"

아이들은 까르르 웃음보를 터뜨리며 뛰어갔다. 쌍둥이가 똑같은 몸짓으로 움직이니 꼭 환상을 보는 것만 같았다.

그러다!

"⋯⋯!"

별안간 승우의 뇌리에 또 다른 쌍둥이가 스쳐 갔다. 이어 한 사람의 얼굴이 그 위에 겹쳤다. 쌍둥이는 이강순의 지하에서 본 목 잘린 아이들이었고 한 사람은 바로 민정식이었다.

기시감!

연관 없는 사람과 사건이 왜 이토록 질긴 기시감으로 느껴지는 걸까?

'설마?'

오, NO!

승우는 맹렬히 고개를 저었다. 아무리 일이 꼬이기로 그렇게 연결할 수는 없었다. 민정식이 여자를 밝혀 수많은 여직원을 건드렸다는 건 익히 알고 있는 승우. 하지만 이강순 건은 살인이 아닌가? 더구나 머리에 피도 마르지 않은 갓난아이들.

그런데도 마음이 끌리는 건 막을 수 없었다. 뭔가 아련하게 당기는 게 있었다. 그것도 섬뜩할 정도로 집요하고 끈끈하게.

뽁!

승우는 어두운 곳에서 머리카락을 뽑았다. 그런 다음 민민을 불러냈다.

"밍글라바!"

민민은 언제나 그렇듯이 싱그러운 소리를 내며 빛으로 살아났다.

"민민."

"네?"

"걔들 말이야. 네 아, 아니, 박수무당 지하실에 있는 쌍둥이 영령."

승우는 하마터면 너희 아빠라고 말할 뻔했다.

"그건 왜요?"

"어제 내가 잡아들인 민정식이라고 있잖아? 그 인간 아들이 아닐까 싶은 생각이 들어서."

"글쎄요."

"그런 건 알 수 없어?"

"네. 걔들이 자기 아빠 이름을 아는 것도 아니고."

"젠장, 그럼 유전자 검사를 해봐야겠군."

"그러고 보니 조금 닮은 데가 있는 것도 같아요."

민민이 승우 코앞에서 너울거렸다.

"그렇지? 너도 그렇지?"

"그럼 걔들도 자기 아빠가 죽인 거예요?"

"……?"

바쁜 마음에 마구 질러가던 승우는 거기서 입을 다물어 버렸다. 대답하기 곤란한 질문이었다.

"답하기 어려우면 말 안 해도 돼요."

속 깊은 민민이 나지막이 말했다.

"그게 말이지."

"아저씨 바보."

"응?"

"이럴 때 보면 좋은 사람 같은데 왜 그렇게 나쁘게 살았대요?"

"응? 그게 그러니까……."

"저 봐. 얼굴까지 빨개졌잖아요."

"야, 이건 그래서 빨개진 게 아니고 흥분해서 그래."

"그럼 계속 흥분하세요. 뺀질거리는 모습보다 나으니까요."

"응?"

승우가 울상을 짓자 민민은 까르르 웃으며 날아올랐다. 웃음소리가 승우의 머리 안에서 메아리를 이루었다. 마음에 위로가 되는 것 같았다. 마음이 박카스를 마신 것처럼.

차에 오른 승우는 1차 조서를 확인했다. 장미미의 증언은 구체적이고 신빙성이 있었다. 그러나 결정적인 한 방은 없었다. 민정식의 체모나 체액 같은 게 없는 것이다.

물론 승우가 불리하지는 않았다. 이 사건은 공개됨과 동시에 민정식은 타격을 받게 되어 있다. 장미미 외에도 일부 진술이 확보된 피해자가 있기 때문이다. 더구나 최근 분위기가 좋았다. 갑의 위치에서 여자의 성을 유린하는 일을 엄격히 보호하고 있지 않은가?

하지만 결정적인 증거가 더 필요했다. 그렇지 않으면 장기전이 될 수도 있었다.

머리가 살짝 복잡해질 때 아까의 쌍둥이가 엄마 손을 잡고 차 앞을 지나갔다. 그러자 승우의 눈에 또다시 죽은 쌍둥이와 민정식의 얼굴이 겹쳐왔다. 무의식이 반응하듯 완전 자동이었다.

'젠장!'

확실했다, 닮은 느낌이 드는 것은.

그렇다면 질러야지!

"민민!"

승우가 다시 민민을 불렀다.

"네!"

"혹시 박수무당 지하실의 쌍둥이 유골이 발견된 자리 말이야. 거기에도 귀신이나 악령이 있을까?"

"있을 수도 있죠."

"만약 있다면 그 쌍둥이를 죽인 사람을 봤을 수도 있겠지? 그것도 아니면 묻은 사람이라도."

"네. 있기만 하다면요."

"그럼 거기 좀 가보자."

승우는 숨 돌릴 틈도 없이 시동을 걸었다. 유전자 검사보다 그게 우선이었다. 성폭행 건으로 구속된 민정식. 성폭행이 미수로 끝났기 때문에 체액 검사나 증거가 없었다. 그러니 유전자 검사에 응할 리 없었다.

그러니 이쪽 확인이 먼저였다. 만약 이강순의 지하에서 본 쌍둥이가 민정식의 자식이라면? 그 아이들을 민정식이 죽였다면? 그건 사안이 아주 달랐다. 성폭행이나 성추행은 댈 것도 아니기 때문이다.

"지금 당장이요?"

"응, 부탁한다."

승우는 GPS를 누르며 권오길에게 전화를 넣었다.

"이강순 관련 자료 찾아서 쌍둥이 유골 나온 자리 위치 좀 뽑아서 보내. 아, 민정식 사진도 한 장 부탁하고."

그 말을 끝으로 승우의 차가 어둠을 차고 나갔다.

멀지는 않았다. 차가 멈춘 곳은 교외의 야산 자락이었다. 야산이라지만 이미 날이 저문 상황. 숲은 안으로 거칠게 깊어 음산하기 이를 데 없었다. 사람이 죽은 곳. 안으로 깊이 손을 뻗은 어둠. 어쩐지 등뼈에 얼음이 맺히는 것 같았다.

"무서워요?"

어깨 위에서 날고 있는 민민이 물었다.

"그렇게 보이냐?"

승우는 아무렇지도 않은 듯 되물었지만 사실 등으로 식은

땀이 흐르고 있었다.

"마음 편히 가지세요. 아저씨에게는 낫꺼도의 피가 있으니까요."

"낫꺼도의 피는 뭐가 다르냐?"

"영령과 친구가 될 수 있잖아요. 물론 그냥은 아니지만."

"사실 별로 반갑지 않은 말이다."

"그래도 악령을 만날 때는 도움이 돼요."

"그건 그러네."

헛웃음이 나왔다. 세상은 음과 양의 조화라더니 틀리지 않았다. 어떤 나쁜 일이 어떤 경우는 도움이 되기도 하는 것이다.

"여기다."

승우는 쌍둥이 유골이 발견된 지점에 멈췄다. 여러 가지 표식으로 보아 여기가 분명했다.

'욱!'

차에서 내리자 음습한 습기가 덮쳐 왔다. 밤이라서 그런 걸까? 돌아본 사방에 웅덩이와 배수로가 희미한 빛을 튕겨내고 있었다.

"민민!"

이제부터는 민민의 도움이 절실한 승우. 어깨 위에서 출렁거리는 민민을 돌아보았다. 자기 할 일을 아는 민민이 하르르 날아올랐다. 승우의 시선이 그 궤적을 따라 움직였다.

그때였다. 큰 나무 뒤에서 서슬이 푸른 불빛이 튀어나왔다.

'으헉!'

승우가 소스라치며 몸을 움찔거렸다.

깨애액!

불빛의 정체는 박쥐였다. 서너 마리가 무리를 이루며 승우를 지나 멀어져 갔다.

'후우!'

작은 바위에 기대며 겨우 가슴을 쓸어내렸다. 등은 이미 흥건하게 젖은 지 오래였다.

'민민.'

고개를 드니 민민이 보이지 않았다.

"민민!"

승우가 어둠을 향해 소리쳤다. 그래봤자 돌아온 건 마을 아래에서 짖어대는 개 소리뿐이었다. 조급한 마음에 랜턴으로 숲을 비출 때 민민이 왼편에서 날아왔다.

"발루 중에서 맷씨를 꺼내주세요. 저 위에서 강한 느낌이 오고 있어요."

"맷씨?"

발루가 검은 코끼리라는 건 알고 있다. 하지만 아직 열두 마리 코끼리의 이름은 다 외우지 못하는 승우였다.

"제일 작은 거요."

"기왕이면 큰 놈으로 꺼내야 빨리 찾는 거 아니야?"

승우가 주머니를 뒤지며 물었다.

"맷씨는 미얀마 말로 눈이라는 뜻이에요. 힘은 제일 약하지만 찾는 건 일등이라고요."

"그래?"

승우는 검은 코끼리 중에서 제일 작은 걸 골라냈다.

"그리고 흰 코끼리 아용도요."

아용은 알고 있다. 흰색의 세 번째 코끼리.

두 코끼리를 손 위에 올려놓자 검은 연기와 흰 연기가 동시에 피어올랐다.

"역시 저 위쪽이에요! 아저씨는 여기서 기다리세요!"

민민이 흰 코끼리에 올라타며 소리쳤다. 민민을 태운 빛 무리는 순식간에 칠흑 같은 어둠 속으로 사라졌다.

'젠장!'

어둠 속이라 쫓아갈 수도 없었다. 승우는 별수 없이 다시 그 바위에 걸터앉았다. 5분쯤 지나자 다시 등골이 시려왔다. 사방에서 강력한 음기가 느껴지는 것이다. 가슴팍의 권총을 만져 보지만 별로 위로가 되지 않았다.

'나도 영화처럼 은제 탄환으로 바꿔야 하나?'

총구를 쓰다듬으며 생각했다. 어둠 속에 혼자 있자니 별별 생각이 다 떠올랐다.

귀신을 막는 법.

그래도 머리는 좋은 승우, 어릴 때 엄마가 말하던 비법들이 스쳐 갔다.

동쪽으로 뻗은 복숭아나무.

한문으로 하면 도동지(桃東枝). 악령들은 이걸 두려워한다고 했다.

소나무 가지.

이건 바늘 모양이라 악령들이 싫어한다.

대나무.

높은 절개에 잎이 칼날 같아 악령들이 몸서리를 친다.

하나둘 생각하니 이런저런 미신들이 줄지어 달려들었다.

지렁이 위에 오줌을 싸면 고추가 붓는다.

여자가 절구통에 앉으면 입이 삐뚤어진 아기를 낳는다.

밤에 손톱을 깎으면 부모가 죽는다.

여행을 떠날 때 옷을 꿰매면 재수가 없다.

집 안에 우물을 파면 집주인이 죽는다.

'그만!'

승우는 머리를 저었다. 하나하나 짚다 보니 오히려 더 섬뜩해진 것이다. 민민이 돌아온 건 그때였다.

"민민! 귀신 찾았냐?"

"네!"

민민이 대답했다.

"진짜?"

승우가 되묻는 순간, 검은 코끼리의 빛이 승우의 가랑이 사이로 치고 들었다.

"얘는 왜 이래?"

놀란 승우가 펄쩍 뛰며 소리쳤다.

"이제 보니 거기도 악령이 있네요. 하지만 저쪽 악령의 힘이 강해서 맷씨가 그쪽으로 갔나 봐요."

"여기도?"

황급히 돌아본 승우는 하필이면 하얀 악령의 빛과 눈이 딱 마주치고 말았다.

"으악!"

승우는 휘청거리며 물러났다. 여태껏 악령을 깔고 앉아 있던 모양이다. 민민은 하얀 악령에게 다가가 뭐라고 속삭였다. 그러자 하얀 악령이 몸서리를 쳤다.

"얘는 여기로 온 지 얼마 안 돼서 본 게 없대요."

"응?"

승우의 얼굴에 실망이 스쳐 갔다.

"하지만 저 계곡에 있는 악령은 알지도 몰라요. 음습한 영기가 사나운 걸로 보아 이 근처를 지배하는 악령 같았어요."

"진짜?"

"예, 따라오세요."

민민이 흰 코끼리를 타고 앞섰다. 승우는 그 뒤를 따랐다.

"멀었냐?"

길이 아닌 숲이라 걷는 게 쉽지 않았다. 게다가 민민은 점점 더 음산한 곳으로 가고 있었다.

"저 아래쪽이에요. 마음 단단히 먹으세요."

민민은 그 말을 두고 훌쩍 내려갔다.

'미치겠군.'

귀신을 만나야 하는 일이니 날이 밝은 다음에 올 수도 없는 일. 승우는 마른침을 넘기고 비탈길로 접어들었다.

'윽?'

숲을 헤치는 승우, 그쯤에서 옥조이듯 강력해지는 음기를 느꼈다. 사방이다. 주변의 나무와 돌덩이까지도 송곳 같은 공포감을 밀어내고 있었다.

그때였다.

"악!"

앞서 날아간 민민의 비명 소리가 들려왔다.

"민민!"

"아저씨, 도와줘요! 아악!"

다시 한 번 비명과 함께 민민의 외침이 높아졌다.

"기다려! 곧 간다!"

승우는 서둘렀다. 하지만 마른 낙엽을 밟으며 바로 미끄러져 버렸다.

"어어!"

승우는 한참을 굴렀다. 그러다 겨우 돌 무리를 밟으며 멈췄다. 돌아보니 자갈과 나뭇잎 등을 뭉개며 10여 미터는 밀려온 것 같았다.

"민민!"

민민을 부르며 일어설 때다. 뭔가 의지할 걸 잡았다고 생각한 승우는 그 덩어리에서 나는 퀴퀴한 냄새에 눈을 돌렸다.

"……?"

손에 잡힌 건 야구방망이만 한 나무토막.

나무토막?

그렇다고 하기에는 촉감이 이상했다. 승우는 바닥에 떨어진 랜턴을 집어 토막을 비췄다.

"으헉!"

토막을 살피던 승우는 비명과 함께 토막을 내던졌다. 토막이 아니라 사람의 팔이었다. 인적 드문 곳에 묻혀 부패할 대로 부패한 팔.

심하게 부패하여 검은 옻칠을 한 것만 같은… 사.람.의. 팔!

"아저씨!"

민민의 비명이 메아리를 이루며 퍼져 나갔다.

"민민!"

사람 팔이 문제가 아니었다. 팔을 내던진 승우는 미친 듯이 뛰었다. 그러나 늦었다. 민민의 비명이 사라졌다.

"민민……."

어떻게 된 걸까? 벼랑이 끝나는 계곡까지 내려왔지만 민민은 보이지 않았다.

"민민! 민민!"

다시 한 번 깊은 어둠을 향해 소리쳤다. 소리를 따라 산새들이 후두두 솟구쳤다. 그리고 이어지는 맹렬한 침묵. 침묵에 이어지는 서늘한 바람 한 줄기. 바람을 따라 출렁출렁 일어설 것만 같은 저만치 보이는 웅덩이와 배수로의 오싹한 습기. 승우는 온몸의 혈관이 동시에 얼어붙는 것을 느꼈다. 이루 말하기 어려운 공포였다.

"민민……."

오싹함에 무너질 것 같을 때 저만치 암벽 뒤에서 민민의 빛이 예각을 이루며 솟구쳤다.

"민……."

민민을 부르려던 승우는 뒷말을 잇지 못하고 비틀 뒤로 물러났다.

공포!

뼈를 뭉개는 공포가 민민의 뒤에 있었다. 울컥 공간을 흔들며 밀려드는 뒤틀린 힘의 위세. 눈앞의 생명체를 찢어발길 듯이 쏟아지는 공포 덩어리. 그건 오장육부가 그대로 녹아버릴 듯한 두려움이었다.

'아아!'

승우의 입에서 무너진 신음이 새어 나왔다. 벌려진 입은 다물어지지도 않았다. 속절없이 떨리는 두 발, 그리고 하염없이 곤두선 신체의 털.

승우는 보았다.

암벽처럼 보이던 물체가 형상을 이룬 악령의 모습. 그건 섬뜩함도, 오싹함으로도 설명할 수 없었다. 마비와 경악, 혼돈과 절망의 느낌이 극한에서 만나고 있었다.

더는 떨 수도 없는 승우는 그 자리에 풀썩 주저앉았다.

"아저씨!"

민민의 비명은 헛된 메아리처럼 들렸다. 허공으로 위태롭게 치솟는 민민. 그건 유희가 아니라 필사적이었다. 흰 코끼리 위에서 사색이 된 민민. 승우를 애타게 부르는 그 표정.

'민민……'

승우는 무너져 가는 의식을 가다듬었다. 그냥은 되지 않아 입술을 깨물었다. 그것만으로 모자라기에 돌을 집어 무릎을 찍었다. 그러자 꺼져 가던 의식에 겨우 불이 들어왔다.

쌔애애!

귀를 찢는 파열음이 공포의 극한을 이루며 허공을 덮고 있다. 살이 뭉개지고 의식이 낱낱이 도려 나가는 것만 같은.

승우는 보았다. 네 개의 검은 궤적이 천지사방에 악몽을 이루며 민민을 속박하는 걸.

"아아악!"

위태롭게 날다 두 궤적에 통타당한 민민은 흰 코끼리의 꼬리를 잡고 겨우 버티고 있었다. 검은 코끼리는 어디로 간 걸까? 승우의 의식은 여전히 느리게 반응하고 있었다.

"아이라비타, 첫 번째 아이라비타를 보내주세요!"

민민이 애타게 소리쳤다.

'첫 번째 흰 코끼리?'

승우는 기를 쓰며 몸을 움직였다. 손이 말을 듣지 않았다. 몇 번이고 근육을 당기고서야 겨우 마비가 풀렸다. 승우는 서둘러 품을 뒤졌다.

"......?"

만져지지 않았다. 코끼리들을 담은 소중한 주머니. 겨우 무릎을 세운 승우는 비탈길로 뛰었다. 아까 구를 때 빠진 모양이다.

"아아악!"

다른 두 개의 궤적을 얻어맞은 민민이 처참하게 울부짖었다.

'민민…….'

승우는 기었다. 쓰러지면 일어나고 걸리면 기었다. 마치 악몽 속인 것 같았다. 두 팔이, 두 다리가 멋대로 허우적거렸다.

'조금만…….'

승우는 간신히 쓰러졌던 곳에 도착했다. 그런 다음 두 팔을 미친 듯이 헤집었다. 낙엽을 헤치고, 돌무더기를 헤치고…….

'조금만 기다려 줘.'

돌더미 사이에서 이번에는 사람의 다리가 나왔다. 무릎 아래 부위. 아까 본 팔처럼 부패한 사체였다. 이번에는 놀라지도 않았다. 공포의 극한 앞에서 사람의 사체 일부는 댈 것도 아니었다.

'여기 있다!'

승우는 결국 주머니를 찾았다. 손에 모터가 달린 듯 멋대로 떨렸지만 어떻게든 주머니를 열었다. 그리고 가장 큰 아이라 비타를 들고 민민 쪽을 바라보았다.

"……!"

아아!

이미 늦었다. 민민은 악령의 손아귀에 있었다.

검푸른 살광으로 가득한 악령은 파리해진 민민의 빛을 삼켜 버릴 기세였다.

"안 돼!"

승우는 뛰었다. 무작정 민민을 향해 뛰었다. 그리고 거대한 악령이 민민을 삼키려는 순간, 흰 코끼리를 미친 듯이 허공에 던졌다.

출렁!

코끼리가 날아간 공간이 흔들렸다. 그건 제대로 느낄 수 있었다. 승우의 몸이 마치 진공 막에 부딪친 듯 꿀렁 밀려난 것이다.

'민민……'

쓰러지면서도 승우는 민민을 시야에서 놓지 않았다. 놓치면 영영 다시 볼 수 없을 것만 같았기 때문이다.

뿌워어어!

아련함.

뿌워어어!

그렇지만 어쩐지 희망이 가득한 소리.

그 소리가 공간을 헤치고 밀려나왔다.

그리고 사악한 기운을 밀어내려는 듯 거대한 진폭을 이룬 빛 무리가 창대한 물결을 이루며 공간을 흔들었다.

"끄에엑!"

놀란 악령이 몸서리를 치자 민민이 손아귀에서 풀려났다.

뿌어어!

첫 번째 아이라비타가 제 모습을 드러낸 건 그때였다. 꿀렁 차원이 열리는가 싶더니 어느새 승우의 앞에 당당하게 버티고 선 흰 코끼리. 그가 한 번 더 포효하자 추락해 있던 코끼리 아용이 땅을 박차고 날았다.

'민민.'

아용은 추락하는 민민을 허공에서 받아냈다. 그리고 반원으로 회전하는 순간, 가장 큰 코끼리의 신성한 빛이 민민의 몸으로 쏟아져 들어갔다.

마치 축복의 폭포수처럼.

'민민.'

승우는 소리 없이 민민을 응원했다.

제발 일어나! 어서!

승우의 소망을 받은 민민이 일어서고 있다. 고개를 흔든 민민은 시선을 바르게 들어 몸서리치는 악령을 바라보았다.

"까웅 깅, 부탁해!"

아용 위에서 자세를 잡은 민민이 소리쳤다. 신호를 받은 큰 코끼리는 꿈틀 힘을 모으더니 신성한 반원의 빛을 민민의 기세에 보태주었다.

"가자, 아용!"

승우는 들었다. 다시 힘에 넘치는 민민의 목소리. 허공에서

두어 번 궤적을 그린 민민이 세 번째 코끼리 아용과 함께 악령을 향해 날아들었다.

꾸에에!

악령의 몸서리와 함께 공포가 사나운 물결을 이루며 튀어나왔다. 공포 안에는 사악함이 창끝 날을 이루며 번득거렸다. 그 창날이 민민과 충돌하려는 순간, 민민과 아용이 사라져 버렸다.

파앙!

사악한 힘은 허공에서 속절없이 터졌다. 그 기세는 땅의 승우도 느낄 수 있었다. 싸한 무엇이 불어오나 싶더니 옷에 하얗게 성에가 낀 것이다. 제대로 맞았으면 얼어버릴 위력이다.

"……?"

빠닥빠닥 소리까지 나는 성에를 털어낸 승우는 얼른 시선을 가다듬어 사라진 민민 쪽을 바라보았다. 당황한 악령이 허덕이는 게 보였다. 그러다 악령은 등 뒤에 기척을 느끼고 드센 악의 힘을 쏟아 부었다.

파파팡!

그러나 그가 겨눈 건 헛된 어둠일 뿐이었다. 어느 틈에 악령의 이마 위에서 모습을 드러낸 민민은 아용을 탄 채 악령의 목구멍 안으로 들이쳐 버렸다.

후웅후웅!

악령의 몸이 희미한 빛으로 일렁거리기 시작했다. 그러자 까웅 깅의 몸도 그 박자를 따라 함께 신성한 빛을 내뿜었다.

끼에에!

악령의 뒤틀림을 들은 초목이 공포에 못 이겨 우수수 나뭇잎을 떨어냈다. 계곡도 덩달아 신음을 했다.

끼에엑!

악령의 몸부림은 극한에 달했다. 놈은 창백한 송장의 모습이 되는가 하면, 짓이겨진 사체로 변하기도 했고, 찢겨 죽은 시신으로 바꾸기도 했다.

그러다 마침내 무릎을 꿇자 민민이 그의 콧구멍으로 튀어나왔다. 까웅 깅의 몸에서 새하얀 속박의 빛이 날아간 게 그때였다.

하나, 둘, 셋!

꼭 세 개의 속박은 마치 손오공의 머리를 제압하는 긴고아처럼 작렬하더니 악령의 몸을 조여들었다.

끼에에!

악령의 처참한 비명이 계곡을 흔들 때 민민이 승우 곁으로 돌아왔다.

"민민, 괜찮아?"

"네."

"정말이지?"

"그렇다니까요."

"미안해."

"아저씨가 왜요?"

민민은 아무렇지도 않은 듯 물었다.

"내가 쓰러지는 바람에… 코끼리 주머니를 잠시 잃어버리는 바람에……."

"다 지나간 일인 걸요."

"민민……."

"이제 필요한 걸 물어보세요. 발악하는 음기를 오래 두면 산이 생기를 잃게 되니까 빨리 치워야 해요."

민민이 황금사자 친디를 꺼내 들었다.

"진짜 괜찮은 거지?"

"누구요? 나요? 아니면 저 악령에게 물어볼 아저씨요?"

"나는 괜찮아."

"그럼 서두르세요."

"알았어."

민민의 재촉에 승우가 악령 앞으로 다가섰다. 여전히 기괴한 공포를 자아내는 악령. 하지만 아까에 비하면 새 발의 피라고 할 수 있을 정도였다.

"이봐!"

호칭이 마땅치 않은 승우는 그냥 이봐라고 말문을 열었다.

[끄으으……]

"젠장, 원래는 하나만 물으려고 했는데 두 가지를 묻게 생겼군."

승우는 아까 본 사체 토막을 떠올리며 본격 질문에 돌입했다.

"너 여기 머문 지 얼마나 됐어?"

승우가 묻자 악령은 힐금 민민을 바라보았다. 민민이 슬쩍 몸짓을 하자 속박이 악령을 옥조여 들었다. 악령은 겨우 대답을 시작했다.

[16년……]

"우선 저 아래부터 시작하자고. 웅덩이 옆에 자귀나무 두 그루 있는 곳 알지? 갓난아기 쌍둥이 묻힌 곳."

[……]

악령은 대답은 안 하지만 아는 눈치였다.

"걔들 묻은 사람 봤어?"

[봤어.]

"혹시 이 사람?"

승우가 꺼낸 건 민정식이었다. 악령은 순순히 고개를 끄덕였다.

"잘 보고 대답해. 아주 중요한 일이니까."

승우는 혹시라도 착오가 있을까 싶어 다시 한 번 물었다.

[그 인간 맞아. 여기까지 들어오면 내가 빙의를 할까 했는데
겁을 먹고 거기서 멈췄어.]

"본 대로 말해봐."

[뭘?]

"육하원칙 알아? 언제, 어디서, 누가, 무엇을, 어떻게, 왜."

[복잡한 건 모르겠고, 그놈은 차를 타고 와서 저 아래 언덕
위에서 멈췄어. 그런 다음 차에서 애들을 목 졸라 죽인 후 작
은 괭이를 들고 와서 거기 땅을 팠지. 그리고 묻고서 허둥지
둥 내려갔어. 아, 두 번을 넘어졌지, 아마? 내가 놈을 유인하려
고 모습을 보였거든.]

"귀신을 봤다?"

[어떻게 생각하든 자유지만 놀란 건 확실해. 오줌까지 지렸
으니까.]

"목은 누구부터 졸랐나?"

[뒷문… 잠들지 않은 아이부터. 배가 고픈지 울기 시작했거
든.]

"그걸 본 사람은 없나?"

[없어.]

"혹시 물품 같은 건? 아이들을 묻은 괭이라든가."

[그건 내가 본 건 아니지만 들었어. 언덕이 끝나는 농가의
웅덩이, 거기에 처박았어.]

"네가 본 게 아니라고?"

[……]

"좋아, 누가 봤든 상관없지."

메모를 하며 승우는 회심의 미소를 지었다.

나이스!

단서를 잡았다. 놀랍게도 기시감이 적중하는 순간이었다. 이제 민정식은 여직원들 성폭행이 문제가 아니었다. 두 아기를 살해한 살인범으로 격이 높아지셨다.

"끝났어요?"

민민이 친디를 쓰다듬으며 물었다.

"아니. 중요한 게 또 있어."

"또요?"

민민이 주춤거렸다.

"너, 여기 16년을 있었다고 했지?"

[…그래, 16년.]

"그럼 저 위에 묻힌 절단된 사체도 알겠군."

"또 누가 죽었어요?"

하늘거리던 민민이 다가왔다.

"누군가 사람 하나를 죽여 토막 낸 다음 사체를 저 위에다 유기한 모양이야."

승우는 악령에게로 시선을 돌렸다.

[······.]

하지만 악령은 입을 다물어 버렸다. 그러자 민민이 속박을 슬며시 조였다. 악령은 고통에 겨워 몸서리를 쳤지만 그래도 입은 열지 않았다.

'뭔가 있군.'

승우는 바로 감을 잡았다. 사람이라면 최소한 공범이거나 범인일 가능성이 높은 반응이다.

"네가 죽였나?"

승우는 바로 직구를 날렸다. 상대가 비록 악령이지만 달리 물을 말이 없었다.

[······.]

"죽였군."

[······.]

"그런데 어떻게 묻었지? 세월이 흐르면서 자연스럽게 묻힌 건가?"

"어서 말해!"

옆에 있던 민민이 승우를 거들고 나섰다.

[아니야. 내가 죽인 게 아니야.]

침묵하던 악령이 다시 입을 열었다.

"아니라고?"

[내가 죽인 건 저 바위 사이에 있어. 당신이 본 건 다른 인

간이 내다 버린 거라고.]

"그럼 여기 사체가 두 명이 있다는 거야?"

승우가 묻자 악령은 고개를 저었다.

"두 명이 아니야? 그럼… 세 명?"

[네 명.]

악령은 고개를 저으며 대답했다.

맙소사! 네 명?

"어떻게? 누가? 설마 이 인간은 아니겠지?"

승우가 민정식의 사진을 내밀었다.

[그 인간은 아니야. 그보다 젊은 인간.]

"특징을 말해. 뭐든 상관없으니까."

[나이는 마흔 살가량, 목에 장미 문신이 있는 남자. 그 인간이 토막 내서 갖다 감췄어. 2년 전 여름부터 초겨울 사이에.]

"토막?"

[두 사람은 아니야.]

"둘은 아니라고?"

[하긴 나머지 하나 역시 그 인간이라고 해야겠지.]

거기서 악령은 많이 주저했다. 하지만 말을 끊지는 않았다.

[나머지 하나는 얼마 전에 버섯을 따러 왔다가 길 잃은 아줌마. 나도 여길 나가려고 그 몸을 홀려 빙의했는데 마음이 심약해서 견디지 못하고 발광을 하다가……]

"40대 남자가 남은 셋을 죽여서 유기했다?"

[그래.]

"……!"

승우는 선 자리에서 격하게 휘청거렸다. 민정식의 기시감을 확인하기 위해 달려온 쌍둥이 매장 현장. 뜻하지 않게 엄청난 사건을 만나는 순간이다.

일단 바위 뒤부터 확인했다. 뒤의 틈을 랜턴으로 비추니 사람 형체가 보였다.

"욱!"

승우는 코를 막으며 물러섰다. 두어 달 전에 사망한 듯 아직 부패가 진행되는 상황. 사체에서 나는 퀴퀴한 냄새가 오장육부를 뒤틀었다. 악령의 말을 입증이라도 하듯 사체는 옷이 입혀진 채였다.

[끄에에!]

악령은 민민이 황금사자 친디를 풀어놓자 기겁하며 몸서리를 쳤다.

[두고 봐, 너희들. 반드시 후회를… 꾸어억!]

승우는 악령이 친디에게 삼켜지는 걸 보며 전화를 뽑았다.

"권 수사관, 나 송 검산데, 아까 뽑아준 쌍둥이 유골 발굴 지점 관할서 연결해서 직원들 총출동시켜."

지시를 내리는 승우의 목소리는 사뭇 비장했다.

"아저씨."

악령을 완전히 제압한 민민이 승우의 코앞에서 하늘거렸다.

"고맙다."

"뭘요."

"아까는……."

승우가 말을 꺼내놓고 뒷말을 잇지 못했다.

"내 걱정했어요?"

"그래."

"그럼 내가 고맙네요. 아저씨 덕분에 정신을 차릴 수 있던 거 같아요."

"내 덕분?"

"영령들은 살아 있는 사람의 기도가 약이라니까요."

"다행이구나. 피곤할 텐데 이젠 좀 쉬어."

"아저씨는요?"

"나는 내일 잘 자려면 착한 일을 해야지."

승우는 잔잔하게 웃으며 손목을 내주었다. 멀리서 경찰차의 사이렌 소리가 요란하게 들려왔다.

5장

그레이트 포텐

"아이고, 이게 뉘시우?"

대대적인 병력을 이끌고 도착한 사람은 뜻밖에도 아는 얼굴이었다.

'석경표 반장?'

원수는 외나무다리에서 만난다더니 승우가 그 꼴이었다.

석경표!

50대 중반을 코앞에 둔 고참 형사반장이다. 물론 승우와 안면이 있다. 당연히 악연이다.

"토막 사체가 나왔다굽쇼?"

묻는 얼굴에서 냉소가 비쳐 나왔다. 설렁설렁 수사의 대명사 승우. 그러면서 경찰에서 올라간 조서에 딴죽 걸기의 명인. 그런 그가 버티고 있는 사건이니 뭔 제대로 밟았다는 표정이다. 전과를 아는 승우. 말없이 불빛을 비췄다. 새벽 찬 공기에 노출된 두 개의 사체 토막이 문득 불빛을 받았다.

"됐수다. 까라면 깝지요."

그사이에 불빛은 바위로 향했다.

"저 사이에도 여자 시신이 있습니다."

"젠장!"

"이 계곡을 따라 모두 세 구의 시신이 있다는 제보이고, 2년 전 여름부터 작년 겨울까지 시차를 두고……."

"야, 인마! 거기 누가 움직이래? 뒈지고 싶어?"

승우의 지시를 듣던 석 반장이 의경 몇 명을 향해 소리쳤다.

"이 새끼야, 현장 제일! 몇 번을 말해?"

대기 중인 의경들을 윽박지른 다음에야 반장은 승우를 돌아보았다.

"시작할깝쇼?"

"석 반장님."

"말씀하십죠."

"나한테 감정 있다는 거 알고 있습니다."

"아이고, 천한 독수리 주제에 높으신 검사님에게 무슨 감
정……."

반장의 대꾸는 여전히 겉돌고 있었다.

"전의 일들은 미안했어요."

"……?"

먼 산을 보던 반장이 고개를 돌렸다. 그 표정은 딱 이 인간
이 뭐 잘못 처먹었나 하는 얼굴이다. 사과라니? 그건 권위 의
식으로 똘똘 뭉친 승우에게는 없던 단어이다.

"자세한 건 나중에 소주라도 한잔하면서 얘기하고, 잘 부탁
합니다."

승우가 손을 내밀었다. 반장은 우두커니 승우를 바라보다
그대로 돌아섰다. 당장 손을 잡기에는 맺힌 게 많은 그였다.

"수색 개시! 수색 개시!"

먼동이 트면서 반장의 명령이 떨어졌다.

컹컹!

수색견들이 선두에서 뛰어나갔다. 반장은 승우를 힐금 바
라보더니 수색에 동참했다. 그는 많은 인력을 기가 막히게 지
휘했다. 강력사건만으로 경찰 인생을 장식한 석 반장이다. 사
람은 투박하지만 일 하나는 달인급인 사람. 다만 우직한 성격
탓에 융통성이 없는 게 흠이었다.

"송 검사님!"

곧 권오길과 차도형, 나수미 등 검찰 수사관들이 합류하면서 수색은 광범위하게 실시되었다. 감식반이 승우가 발견한 토막과 여자의 시신을 수습하는 사이에 여기저기에서 성과가 나왔다.

"다리가 나왔습니다!"

"몸통입니다."

"여기 머리와 유류품으로 보이는 게 있습니다."

사체의 일부였다.

그때마다 어린 의경들은 헛구역질을 하며 쓰러졌다. 형사들도 다르지 않았다. 제아무리 일선에서 잔뼈가 굵은 베테랑이라 할지라도 토막 사체를 보는 건 참을 수 없는 일이다.

1차 수색이 끝날 즈음에 발견된 사체를 맞춰보니 바위틈 것을 합쳐 총 세 명이었다. 사체를 찾는 건 그리 어렵지 않았다. 험한 계곡을 따라 군데군데 유기되었기 때문이다. 인적이 드문 곳이라 그런 건지 그리 깊이 묻지도 않았다.

평지 한쪽에 임시로 설치된 수사본부에 피해자들의 뼈가 속속 모여들었다. 승우는 사체가 맞아들어 가는 걸 보고 있었다. 처음 발견된 사체는 다리 하나만 빼고 거의 완성되었다. 계곡 위쪽에서 발견된 또 다른 사체도 일단 형체는 갖추었다.

"셋 다 여자입니다."

수색팀이 중간보고를 시작했다.

"바위 사이에서 발견된 여자만 중년이고 둘은 이삼십 대로 보입니다."

그사이에도 망자들의 일부분이 도착하고 있었다. 머리카락 한 움큼과 함께 대충 둘둘 말린 봉지 안에 들어 있는 여자 속옷을 가져온 의경은 후들후들 떨고 있었다. 승우는 그에게 물을 내밀었다.

"우엑!"

물을 마시던 의경이 미칠 듯이 오바이트를 했다. 승우는 그에게 다가가 등을 두드려 주었다. 그러다 무릎이 아파 절뚝거리며 흔들렸다. 무너지는 의식을 바로잡으려 찍었던 무릎. 너무 세게 찍은 모양이다. 그 모습을 석 반장이 고스란히 지켜보고 있다.

머잖아 오 부장과 김혁, 조기호 등의 검사진이 도착했다. 물론 그들도 예외 없이 토악질을 해댔다.

"우엑!"

가장 심하게 반응한 건 조기호였다. 승우 못지않게 누리길 좋아하던 뉴 페이스 뺀질이. 경제나 기업 수사를 전담하다 형사부로 온 지 오래되지 않았으니 더욱 그랬다.

"완전히 공동묘지 발굴이로군."

오 부장이 고개를 저었다. 사체가 줄줄이 펼쳐진 현장. 그도 이게 얼마나 심각한 일인지 아는 까닭이다.

"이삼 년은 된 것 같은데?"

그래도 김혁이다. 사체를 둘러본 그는 부패 정도를 보고 유기된 기간을 유추해 냈다. 그런 다음 승우를 바라보았다.

어떻게 된 거야?

눈빛으로 묻는다.

"어떤 제보가 있어서 저 아래 조사차 왔다가 우연히 발견했어."

승우의 눈빛이 쌍둥이 유골 쪽으로 향했다. 하지만 김혁의 눈빛은 승우의 무릎을 향했다.

"피가 나잖아?"

"괜찮아. 사체 찾다가 넘어지는 바람에……."

승우는 대충 둘러댔다. 그래도 김혁은 굳이 바지를 걷어 상처를 확인했다.

"젠장, 이게 괜찮은 거야? 어이, 수색팀에 응급처치 약 없어?"

김혁이 경찰 쪽을 보며 소리쳤다.

김혁은 경찰이 가져온 구급함에서 손수 붕대를 꺼내 승우 무릎에 감아주었다.

"내려가면 병원부터 가자고."

김혁이 말했지만 귀에 들어오지 않았다. 아픔은 잊은 지 오래였다. 그때 석 반장의 무전기가 다급하게 울렸다.

─6부 능선 지점, 6부 능선 지점, 사체 토막으로 보이는 물체 발견, 인력 지원 바람.

"야, 조동식, 너희 팀 성과 없으면 현기철 팀 지원해."

석 반장은 선불 맞은 노루처럼 능선을 향해 뛰었다.

"미치겠군. 올해는 왜 이렇게 강력 사건이 많아?"

오 부장이 고개를 저었다.

그사이에 새로 발견된 유골이 내려왔다. 다른 사체와는 달리 머리가 먼저였다.

"욱!"

또다시 조기호가 격렬하게 배를 웅크리며 돌아섰다. 참혹하게 진행된 부패. 군데군데 살점이 말라붙은 머리가 주는 공포감 때문이다.

"부장님!"

조기호가 배를 쥐어짜는 사이에 승우가 오 부장을 돌아보았다.

"말해."

"이 사건, 제가 맡게 해주시죠."

"……?"

승우의 말이 떨어지자 오 부장을 필두로 검찰청 구성원들의 시선이 죄다 승우에게 집중되었다.

"맡겨주십시오."

"송 검사."

"부족한 점 많다는 거 알고 있습니다. 하지만 제가 발견한 현장이니 운명 아니겠습니까? 더구나 김 검사는 이승준 사건 문제로 바쁘고."

"괜찮겠나?"

"예."

"그럼 맡아봐. 어차피 다른 팀들도 서로 안 맡으려고 손사래를 칠 일이니. 필요하면 지원 요청하고."

"수사본부는 박수무당 자리에 다시 설치하겠습니다."

"그렇게 해. 위에는 내가 보고하지."

오 부장의 결정이 떨어졌다.

"토막 사체가 집단으로 나왔다면서요? 연쇄살인입니까?"

지검으로 귀청하자 기자들이 승우 일행을 반겼다. 많기도 했다.

"현재 지검에서 수사 중인 여대생 안면 함몰 살인과는 별도의 사건입니까? 발굴된 사체가 열 구 가까이에 전부 20대 젊은 여자라면서요?"

기자들이 몰려든 건 김혁 쪽이었다. 질문 공세를 받은 김혁이 걸음을 멈추고 승우를 바라보았다.

"담당검사는 송 검사입니다만."

아주 잠시지만 기자들 사이에 기묘한 정적이 흘렀다. 하지만 오래가지는 않았다.

"송 검사님, 한 말씀 해주시죠."

"범인 윤곽은 나왔습니까?"

기자들은 바로 승우에게로 몰려왔다.

"사체는 열 구 아니고요 제보된 건 모두 네 명입니다. 지금은 그것밖에 드릴 말이 없습니다. 상황이 진전되는 대로 공개할 테니 비켜주세요."

승우는 그 말을 남기고 기자들 숲을 헤치고 나갔다. 다음은 지검 경비원들 몫이었다. 총출동된 그들은 기자들을 가볍게 막아섰다.

"지검장이 미쳤군."

길이 막히자 기자 하나가 혀를 찼다.

"왜요?"

신참 여기자가 물었다.

"꼴을 보니 연쇄살인 같은데, 송승우? 그럼 시작부터 날샌 거야. 검찰이 이 사건을 해결할 의지가 없다는 거지."

"……?"

"송승우 저 새끼, 완전 또라이에 개막장이거든."

고참 기자는 고개를 저었다.

그 소리는 승우의 귀에도 또렷이 들렸다. 같이 술자리까지

두어 번 한 기자였다. 승우는 그 기자를 향해 돌아섰다.

"참아!"

김혁이 승우 팔목을 잡았다. 승우는 가볍게 그 팔을 뿌리쳤다.

"김 기자님!"

기자에게 다가선 승우는 귀에 대고 천천히 속삭여 주었다.

"거 한 입 가지고 두 말하지 맙시다. 저번에 술 사드릴 때는 제가 최고라더니."

승우는 당황하는 기자를 향해 썩은 미소를 날려주었다.

2년 전 초여름부터 겨울 사이.

악령의 말이 스쳐 갔다.

사체는 네 명. 하지만 살인범에 의한 사체 유기는 세 건. 사건은 세 계절을 두고 일어났다. 그중에서 찾아낸 토막이 두 명. 나머지 한 명도 토막으로 발견될 가능성이 컸다.

이른바 연쇄 엽기살인이었다.

연쇄살인!

누구도 좋아하지 않는 일이다.

이 단어가 부각된 것도 그리 오래된 일이 아니다. 그 효시는 1920년~30년대에 악행을 저지른 앨버트 피쉬였다. 그의 닉네임은 Cannibal. 해석하면 식인종이다. 이 살인마는 납치

한 소녀 40여 명을 죽였다. 그리고 그 인육을 먹었다. 하지만 그에게는 연쇄살인이라는 말이 적용되지 않았다. 당시에는 그런 표현이 존재하지 않았던 것이다.

그 말을 처음으로 사용한 사람은 전 FBI 요원 로버트 레슬러이다. 그걸 시작으로 1960년대 중반부터 유럽 등지에서 연쇄살인자라는 말이 널리 쓰이기 시작했다.

세 계절에 세 명.

더구나 인간이기를 포기한 사체 절단의 흉포함.

시간이 오래 지나 사체가 부패되었으니 또 어떤 짓을 했는지는 알 수도 없다.

승우는 일단 그 생각을 덮었다.

그에 앞서 해결해야 할 사건이 있었다.

갓 낳은 쌍둥이 살인.

지금은 그게 우선이었다. 그 생각을 읽었는지 변호사가 쳐들어왔다. 민정식의 변호사였다.

노지광 변호사.

명함에서 금박의 이름이 반짝반짝 빛나고 있다.

거물이다. 최근 3년 동안 승소율 5위 안에 드는 초거물. 법조계에서는 그가 수임하면 100% 성공이라는 말이 돌 정도이다.

"알 만한 사람이 이렇게 무데뽀로 나가도 되는 겁니까?"

그는 시작부터 노골적으로 압박을 가해왔다.

"권 수사관, 민정식 데려와."

승우는 권오길을 바라보았다. 그렇잖아도 시작하려던 일이
다.

"지금요?"

새로 발생한 사건 때문에 눈코 뜰 새 없는 권오길이 전화기
를 붙잡은 채 고개를 돌렸다.

"당장!"

승우는 시큰거리는 무릎을 끌고 복도로 나왔다. 노지광도
따라 나왔다. 승우가 조사실로 들어갔다. 변호사도 그랬다.

"사건 검토해 봤는데……."

변호사가 묵직하게 입을 열었다.

"다시 검토해야 할 겁니다!"

노지광의 말이 끝나기도 전에 승우가 대꾸했다.

"송 검사, 이건 무리요. 기소해도 어차피 법정에서 당신이
져요."

"사건 다시 검토해야 할 거라고 했지 않습니까?"

"송 검사!"

그사이에 민정식이 불려왔다. 민정식은 초췌했다. 잘 먹고
잘나가던 사람. 그런 그도 권력을 박탈당하니 여느 범죄자의
추레한 몰골에 못지않았다.

"앉아!"

"이봐요, 송 검사. 당신 이렇게 피의자 인격을 무시하면……"

"앉으라고!"

노지광이 딴죽을 걸건 말건 승우는 개의치 않았다. 조사실이다. 이곳은 검사의 영토이다. 민정식은 헛기침을 하고 의자에 앉았다.

"나 지금 바빠. 그러니 간단히 끝냅시다."

승우는 묵직한 시선으로 민정식을 압도했다.

"무슨 말을 하자는 건지……"

변호사가 참관한 상황. 그걸 믿는 민정식이 거드름을 피웠다.

"당신, 애가 몇이야?"

"그런 건 이미 다 조사했을 거 아니오?"

"외아들?"

"……"

"아들 셋이잖아?"

"이 양반이 뭘 잘못 먹었나?"

민정식이 발끈 눈에다 힘을 주며 쏘아보았다. 그 눈앞에 승우가 사진 한 장을 던져 놓았다. 흉측하게 죽은 박수무당 이강순의 현장 사진이다.

"윽!"

참혹한 광경에 민정식이 배를 움켜쥐며 움찔거렸다.

"당신, 지금 뭐 하는 겁니까?"

변호사가 밥값을 하려고 나섰다.

"당신은 빠져요! 아니면 바로 퇴장입니다!"

승우가 따가운 일갈을 토했다. 그 기세에 눌린 변호사는 화가 치밀지만 별수 없이 지켜보는 쪽으로 가닥을 잡았다. 쫓겨나면 자기만 손해였다.

"그 사건, 알려나 몰라. 그 집 지하에서 애들 유골이 많이 나왔거든."

승우의 목소리가 시나리오를 이어갔다.

"가만 보니 그 사건 때 들어온 제보가 생각나지 않겠어?"

"……."

"궁금하지 않으시나?"

"……?"

"그때 발굴한 유골 중에 갓 낳은 쌍둥이의 유골이 섞여 있었거든."

"……?"

"바로 여기서 나온 유골이었는데……."

승우가 또 한 장의 사진을 던져 놓았다. 바로 사체 암매장 장소였다.

"기억 안 나?"

승우의 눈빛이 민정식을 옭아매기 시작했다.

"무슨 말을 하는 건지……."

"쌍둥이를 살해하고 암매장한 어떤 비정한 두 얼굴의 인간, 그 인간의 죄를 묻고 있는 거야."

"이봐요, 송 검사!"

다시 노 변호사가 끼어들었다.

"닥쳐! 지금 성폭행 사건 조사하는 거 아니니까 당신은 샷 더 마우스!"

승우는 핏대를 세우며 노 변호사를 윽박질렀다. 그런 다음 쉴 새 없이 민정식을 압박해 들어갔다.

"당신의 주특기, 여자 따먹기. 그 주특기로 건드린 여자가 아기를 낳았겠지. 아이를 담보로 협박을 했는지 아니면 양육을 부탁했는지는 난 몰라. 하지만 당신이 범행을 한 건 똑똑히 알 수 있어."

"송 검사, 당신 지금 미쳤어?"

민정식도 눈에 핏발을 세우며 목청을 높였다.

"미친 건 너야. 이 인간 말종아."

승우의 목소리가 뜻밖에도 옥타브가 내려갔다. 너무나 낮아 민정식이 다시 곱씹어야 할 지경이다.

"당신은 차를 타고 가서 암매장 장소 인근의 언덕에 차를 세웠어. 차 뒷좌석에는 쌍둥이가 있었지. 쌍둥이는 왜 당신 차에 있었을까? 기르겠다는 핑계를 대고 여자에게 받아온 걸까? 아니지. 당신 사회적 위치를 볼 때 외국으로 입양시켜 주겠다고 데려온 게 맞을 수도 있겠군. 하지만 당신 생각은 달랐지. 당신은 거기서 귀찮은 혹이 된 아이들을 목 졸라 죽였어. 잠든 아이보다 우는 아이를 먼저. 아닌가?"

"……!"

손에 잡힐 듯이 너무나 선명한 이야기. 한 치의 오차도 없는 상황 묘사. 민정식은 뭐라 소리치려던 입이 얼어붙은 채 눈알만 뒤룩거렸다.

"아이를 차례로 목 졸라 죽인 다음 미리 준비한 작은 괭이로 암매장할 땅을 팠지. 자귀나무 근처, 음습한 웅덩이가 가까운 곳. 거기다 애들을 묻었는데 그래도 양심은 있다고 무서웠어. 그래서 오줌을 지렸지."

"이, 이봐."

"귀신도 봤잖아?"

"……!"

"아니라고?"

"당신……."

민정식의 입이 바들바들 떨었다.

"권 수사관, 그거 가져와."

승우가 대기 중인 권오길을 바라보았다. 그는 장갑을 끼더니 구석에 준비한 박스를 열었다. 그런 다음 작은 괭이 하나를 꺼내 테이블에 올려놓았다.

"……!"

승우는 보았다. 민정식의 눈알이 미친 듯이 흔들리는 걸. 그 괭이가 바로 아이를 묻은 도구였기 때문이다.

"쌍둥이를 묻은 괭이야. 아이를 묻고 장갑이랑 피 묻은 헝겊을 함께 싸서 언덕 아래의 농가 웅덩이에 처박은 그 괭이."

"……!"

"그래도 아니라는 건가?"

텅!

승우가 테이블을 내려쳤다.

"……."

민정식은 대답하지 못했다. 그저 온몸에 지진이 난 듯 떨고 있을 뿐이다.

"송 검사, 당신 무슨 짓이야? 성추행 피의자에게 뭘 덮어씌우려는 거야?"

노 변호사가 항의해 왔다. 승우는 그를 상대하지 않은 채 조용한 한마디를 날려주었다.

"보시다시피 민정식은 지금 갓난아이 살해 암매장범으로 조사를 받는 중입니다. 노 변호사님이 성추행을 수임하셨다면 나중에 그 부분을 조사할 때 기회를 드리겠습니다만."

"⋯⋯?"

"크흑!"

노지광이 주춤하는 사이에 민정식이 무너졌다. 애써 참고 있었지만 그 또한 인간이었던 것이다.

"욱욱욱!"

그는 테이블에 얼굴을 묻고 격렬하게 흐느꼈다. 생각지도 못한 일. 완전범죄라고 생각한 일이 덜미를 잡힌 순간이다.

"범죄 인정합니까?"

노지광이 나가자 승우가 물었다. 그 목소리는 무섭도록 정중했다.

"⋯⋯."

"죽였죠?"

"⋯⋯."

"잡아떼도 소용없어요. 그 아이들 유전자가 있거든요. 그러니까 당신 유전자 검사하면 끝이에요."

"⋯⋯."

"왜 죽였습니까?"

"마누라가 알면⋯⋯."

"생모는 누구입니까?"

"⋯⋯."

"아이는 죽이려고 받아온 거죠?"

"우어억!"

민정식은 또 한 번 무너졌다. 살인에 사체 유기, 두 개의 혐의가 민정식의 성폭행 위에 보태졌다. 그의 인생에 막을 내리는 종소리가 승우의 귀에 들려왔다.

뎅!

데엥!

*   *   *

"검사님!"

제3 조사실 안에서 쪽잠을 자던 승우는 차도형의 목소리에 잠이 깼다.

"몇 시야?"

승우는 눈을 비비며 시계를 보았다. 시간은 오후 세 시를 지나고 있었다. 민정식 건을 끝내고 대충 시켜 먹은 순댓국. 그걸 먹고 깜빡 잠이 든 승우였다. 다행히 무릎 쪽의 통증은 사라졌다. 몇 번 움직여 보니 큰 문제는 없을 것 같았다.

"병원엔 안 가도 되겠습니까?"

차도형이 물었다.

"괜찮아."

"겨우 눈 붙이셨는데 깨워서 죄송합니다."

"현장 수색 끝났어?"

"계속 진행 중입니다."

"나온 건?"

"나온 두 구 사체도 일부는 찾지 못했습니다."

"근처 목격자하고 등산객, 약초꾼도 탐문 수사 들어갔지?"

"예, 경찰에 특별히 지시해 두었습니다."

"동일 수법 전과자 리스트 뽑았어?"

"준비되었습니다."

"몇 놈이나 올라왔어?"

"두 명 이상 복수의 살인전과자 리스트와 사체 절단 전과자 리스트를 따로 추렸는데 양쪽 다 합치니 꽤 됩니다."

"그중에서 목에 장미 문신이 있는 놈들 따로 추려서 집중 수사해."

"장미 문신이요? 제보가 들어왔습니까?"

"어? 응."

"그럼 신변을 넘겨주시면 제가 자세히……."

"그게… 그냥 차에 쪽지를 꽂아놓고 가서 말이지."

"검사님, 그런 걸 어떻게 믿고……."

"아, 좀 꼬치꼬치 묻지 말고, 지금 지푸라기라도 잡아야 하잖아?"

"예."

"필요한 인력 추려서 지원 규모 산출해 오고."

"알겠습니다."

차도형이 돌아설 때다. 문이 열리며 김혁이 들어섰다.

"김 검사!"

"눈 좀 붙였어?"

"뭐 대충……."

"요즘 너무 무리하는 거 아니야?"

김혁이 테이블에 엉덩이를 걸치며 물었다.

"뭐가?"

"이 사건 말이야. 왜 자처해서 맡았어? 이거 간단히 생각할 게 아니야. 자칫하면 덤터기를 쓸 수 있다고."

"능력이 달린다?"

"나쁜 뜻으로 하는 말이 아니고."

"알아. 나도 알고 자원한 거야."

승우가 기지개를 켜며 일어섰다.

"송 검사."

"김 검사도 알잖아? 그동안 내가 검찰 망신시킨다고 손가락질 받은 거. 나도 슬슬 실력으로 만회를 해야지."

"송 검사……."

"그나저나 그쪽 진행은 어때? 그거 빨리 마감해야 나를 지원하든지 할 거 아냐?"

"거 참."

김혁이 어깨를 으쓱해 보였다.

"또 뭐가?"

"아니야. 요즘 송 검사 모습이 보기 좋아서."

"내가 좀 나대니까 위기감 느껴?"

"절대로! 솔직히 송 검사가 요즘 같으면 좋겠어. 그동안은 무데뽀라 말을 해도 씨알도 안 먹히고……."

"미안! 내가 준 핸드폰은 복구했어?"

"간신히. 포렌식 친구들 포기하려는 거 옆에 붙어서 협박에 읍소에… 간식까지 먹이면서 구슬린 끝에 겨우 복구했어."

"나온 건?"

"통화 시간 일치하고 몇 가지 단서도 나왔는데 피의자는 여전히 모르쇠."

"기관 나리들이라고 검찰을 핫바지로 알고 있군. 그냥 확 조져 버리지 그래?"

"통화 내용 분석 요청했어. 거기서 결정적인 게 나오면 어떨지 모르겠는데 포렌식 팀 얘기로는 간단한 은어 같은 걸로 짧게 통신한 거라 증거로 삼기에는 무리가 있을 것 같다고……."

"신분은 나왔지?"

"국정원에서는 딱 잡아떼네. 자기들 정규 직원은 아니라는데?"

"비정규직이다?"

"비선조직이겠지. 걔들은 그런 팀 많잖아?"

"몸통은 어디인 거 같아? 역시 그 푸르스레한 집?"

"아무래도."

"그 인간들 어디 있어?"

"제5 조사실. 윤 수사관이 심문 중인데 진도가 안 나가는 모양이야."

"내가 도와줘?"

"송 검사가?"

승우가 묻자 김혁이 눈살을 찡그렸다.

무데뽀 송승우!

걸핏하면 피의자를 후려패고 윽박지르는 게 주특기로 알고 있는 김혁이다.

"사실 내가 들은 단서가 좀 있어. 그걸로 쪼아볼게."

승우는 성큼 복도로 걸어갔다.

"송 검사!"

김혁의 목소리가 승우의 발목을 잡았다. 아무래도 걱정이 되는 모양이다.

"이거 맡기면 되겠지?"

김혁의 우려를 아는 승우가 권총을 뽑아 들었다. 빡이 돌면 피의자 머리에 권총도 겨누는 승우였다. 한 번은 기겁한 피의자가 기절하는 바람에 지검이 발칵 뒤집힌 일도 있었다.

김혁이 어깨를 으쓱하는 사이에 승우는 권총을 넘겨주고 조사실 문을 열었다.

어쩌죠?

안에 있던 윤오승이 그런 눈빛으로 김혁을 바라보았다.

"참관실에 들어가서 녹화 끄고 다른 사람 접근하지 못하게 조치해."

"알겠습니다."

윤오승이 조사실 옆문을 열었다. 그때였다. 김혁은 뒤쪽에서 다가오는 인기척을 느꼈다.

"부장님?"

돌아보니 오창윤 부장이 서 있다.

"방금 들어간 거 송 검사지?"

"예."

"심문?"

"예."

"자네가 허락했어?"

"……"

잠시 조사실 문을 바라보던 오 부장이 말없이 참관실 문을 열었다.

"부장님……."

"쉿!"

오 부장의 손이 입술로 올라갔다. 조용히 하라는 뜻이다.

"스피커 켜!"

안으로 들어선 오 부장이 윤 수사관에게 지시를 내렸다. 윤 수사관은 어쩌지 못하고 김혁을 바라보았다. 김혁 역시 별 수 없이 고개를 끄덕거렸다.

"걱정 마. 나도 사실 궁금해서 그래. 송 검사가 변한 모습 말이야."

오 부장이 김혁을 향해 나지막이 말했다.

'그건……'

김혁은 혀끝에 걸린 나머지 말을 안으로 삼켰다.

나도 마찬가지이긴 합니다.

승우는 조사실 안에 있었다. 그의 시선은 커튼 밖을 향해 꽂혀 있다. 등 뒤에서는 이 실장으로 불리는 이규태의 숨소리가 낮게 깔리고 있다.

팅!

다른 때 같으면 승우의 시작은 그랬을 것이다 일단 두 손으로 테이블을 내려치며 상대의 기선을 제압한다. 거만한 목소리와 권력의 칼날을 휘두르며 기세를 올린다. 사기나 잡범이라면 영락없이 깨갱 꼬리를 사린다.

상대가 사회적인 지휘를 갖췄다면 두 가지 옵션을 번갈아 쓴다.

회유!

거부하면 모욕감!

대개는 회유에서 끝난다. 가진 게 많은 사람들은 그걸 조금 잃더라고 검찰의 손아귀에서 벗어나는 길을 택했다.

그런데 오늘은 사뭇 달랐다. 테이블을 내려치기는커녕, 모욕과 멸시로 상대를 닦아세우기는커녕 창밖을 보며 침묵하는 것이다. 이규태는 속이 타들어갔다. 차라리 뭐라고 말을 하면 나을 것 같았다. 하지만 승우는 등을 보인 채 생각에 잠겨 있을 뿐이다.

"후우!"

긴장의 끝에서 이규태의 한숨이 무겁게 흘러내렸다. 승우가 움직인 건 그때였다. 먼저 커튼을 내렸다. 승우는 또각또각 발소리를 내며 걸어가 스위치 앞에 섰다. 까닭을 모르는 이규태의 시선이 승우를 바라보고 있다.

"혹시 말이야, 초자연적인 현상 같은 거 믿나요?"

첫마디가 존댓말이다.

존댓말.

참관실 안에 있던 세 사람, 김혁과 오 부장, 윤 수사관의 눈이 휘둥그레졌다. 지위 고하, 연령 불문, 남녀노소를 막론하고 반말 까기로 유명한 승우였기 때문이다.

"……"

이규태는 대답하지 않았다.

"아니면 어릴 때 귀신 같은 거라도 본 적은 없으신지요?"

"……"

"그것도 아니면 귀신영화나 소설, 아니, 요즘은 좀비 영화가 많던데 그런 경우도 있을 수 있겠다고 생각해 본 적 있으십니까?"

"……"

이규태의 눈과 입은 과묵했다. 여간해서는 열리지 않을 모습이다. 승우는 보일 듯 말 듯한 미소를 머금고 계속 말을 이어갔다.

"좋아요. 그럼 점은 어떻습니까? 살면서 한두 번은 경험했겠지요? 조상 귀신이 따라다닌다느니 아니면 늙은 부모님이 자다 일어나 죽은 사람이 꿈에 나왔다느니 하는 경우."

"무슨 말을 하는지 모르겠소."

이규태가 그쯤에서 처음으로 입을 열었다. 그게 신호였을까? 승우가 실내 소등을 해버렸다.

탁!

작은 소리와 함께 조사실에 어둠이 내려앉았다. 빛이라고는 문틈과 커튼 너머에서 들어오는 희미한 여명이 전부였다.

"솔직히 김 검사가 뭐라고 했는지는 모르겠지만 당신의 범행 제보를 받은 건 납니다."

"……"

이규태는 넘어오지 않았다. 처음의 모르쇠 포지션에서 한 발도 움직이지 않았다. 승우는 개의치 않고 담담하게 말을 이어갔다.

"궁금하지 않나요? 그 제보자."

"……"

"그 제보자는 귀신이 보낸 무당입니다."

"……?"

이규태가 고개를 발딱 들었다. 어이가 없다는 표정이다.

"아아, 그렇다고 사람 이상하게 볼 거 없습니다. 무당에게 신이 들린 셈이지요. CCTV나 귀신이나 사람이 아닌 제3의 눈이긴 마찬가지 아닙니까?"

"……"

승우는 천천히 책 하나를 검색해 화면을 내밀었다.

『신과 소통하는 영험한 무당들』

어둠 속에서 책 이미지가 오라처럼 빛을 냈다.

"실은 나도 믿지 않아서 공부 좀 했습니다. 그러다가 알게 되었는데… 희한하게도 어떤 검사에게는 억울하게 죽은 사람의 혼령이 찾아와 범인을 알려주기도 했다더군요. 용한 무당들의 접신처럼."

"……."

"그 책에는 나오지 않았지만 굉장히 내공이 높은 무당이 우리 수사본부를 찾아왔어요. 죽은 이승준의 조상 중에 커다란 공덕을 쌓은 분이 있는데 그 양반이 영보독성(靈寶獨聖)이라고 뭐 우주 신통력의 지존이라나? 그걸 통해 당신들의 만행을 막으려고 무당의 몸을 빌려 현신했다가 범행 현장을 목격했다는 겁니다. 그러니 진짜 제보자는 귀신이 아니면 누구일까요?"

"말도 안 되는……."

이규태의 입가에 맹렬한 냉소가 스쳐 갔다.

"그런데 말이 되었지요."

승우가 간단히 반박했다. 틀린 말이 아니었다. 감쪽같이 자살로 위장한 사건. 그런데 마치 CCTV로 본 듯 구체적인 팩트가 나와 이규태의 발목을 잡았으니까.

"빙의된 무당께서 영력을 발휘해 당신의 범행 현장을 또렷이 기억하고 있거든요."

"이봐요!"

이규태의 눈에 힘이 발끈 들어갔다. 승우는 잠시 뜸을 들였다가 물 컵을 집어 들었다.

'이제 승부수를……'

승우는 내심 마음을 다잡았다. 여학생 혼령이 본 목격담, 민민이 전해준 그 디테일한 목격담으로 상대의 목을 비틀 차례였다.

꿀꺽꿀꺽!

천천히 물을 따라 마셨다. 고요한 조사실 안에 물 넘기는 소리가 울려 퍼졌다. 침묵을 흔드는 기묘한 소리. 그때마다 이규태의 목젖도 따라 움직였다.

"한 잔 줄까요?"

승우가 물병을 들어 보였다. 이규태는 눈빛을 내쏘며 고개를 저었다. 슬쩍 물 묻은 입을 닦은 승우가 다시 고요한 압박을 계속해 나갔다.

"지금부터 그 얘기를 들려드리지요. 당신은 그날 유도 선수 출신 노주웅을 시켜 주저하는 이승준을 빌딩 아래로 내리꽂았어요. 그런 다음 먼저 옥상 문을 내려왔지요? 혹시나 싶어 엘리베이터보다 계단을 택했는데 두 층을 내려가면서부터 노주웅이 앞장을 섰습니다. 그리고 건물 왼편의 지하상가 계단을 통해 나왔군요. 그때도 여전히 노주웅이 앞에 있습니다."

거기서 힐금 피의자의 반응을 보았다. 미세하게 눈이 흔들리는 게 보였다. 동요하고 있다는 반증이다. 자신의 범행 현장을 거울 보듯 들여다본 목격담. 제아무리 강심장이라도 무심

할 수 없는 일이었다.

'오케이!'

승우는 남은 카드를 느긋하게 뽑아 들었다.

"그러다 첫 골목길을 지나면서 전화기를 꺼냈습니다. 맨홀 구멍에 버린 그 전화기죠. 저런, 처음에는 번호를 잘못 눌렀군요. 통화가 끝나는 사이에 당신은 맨홀 뚜껑 앞에 도착했습니다. 당신은 망을 보고 노주웅이 맨홀을 여는데 살짝 긴장했는지 실수를 하는군요. 마음이 급해진 당신이 도구를 뺏어 단숨에 열어젖힙니다. 그리고 치밀하게도 손수건, 등산용 손수건을 꺼내 지문을 닦고 퐁!"

승우는 손에 들고 있던 물 컵을 놓았다. 컵이 수직으로 바닥에 떨어졌다.

쨍강!

물 컵 깨지는 소리가 조사실에 울려 퍼졌다. 그때 승우는 놓치지 않았다. 이규태의 미간이 걷잡을 수 없이 일그러지는 걸. 꼭 그러쥔 손이 무섭게 경련하는 걸.

쨍강!

물 컵이 박살 난 것처럼 견고하던 그의 성이 깨졌다는 신호이다.

'동요하기 시작했다.'

온갖 비리와 이권을 누리고자 달라붙던 수많은 빠라. 그들을 다루며 심리전의 내공이 훌쩍 쌓인 승우.

경련이 피의자의 어깨를 타고 올라오자 비로소 확신했다. 강철 문처럼 굳게 닫힌 그의 입이 열릴 거라는 걸. 이 길고 지루한 힘겨루기가 끝날 거라는 걸.

'이제 결정타를 날릴 시간.'

승우는 머리에 삼단 심리전을 그렸다.

미국 FBI들이 고난도 심리전에서 사용한다는 바로 그⋯⋯.

―생뚱맞은 이야기로 상대의 심리방어선 이완.

―거기에 연결한 증거의 제시.

―결정적 심리 압박으로 무장 해제.

삼단 심리 심문의 요지는 그랬다. 말하자면 우회로로 돌아 상대의 긴장을 풀게 한 후 턱도 없을 것 같은 그 이야기를 매듭으로 증거를 연결하는 것이다. 뜻밖의 일격으로 허둥거리는 피의자에게 결정타를 날리면 목적을 이룰 수 있다.

일단 무당을 모티브로 한 빙의는 먹혔다. 디테일한 범행 순간 묘사에 돌부처 같던 이규태가 흔들린 것이다. 이제 남은 건 결정타였다.

"김 검사가 말은 했겠죠? 당신이 버린 대포폰을 확보했다고."

"⋯⋯?"

"사실 그걸 알려준 것은 빙의된 무당이고… 그걸 하수구에서 직접 꺼내온 건 나입니다. 냄새 좀 나더군요."

"……."

"길게 돌아왔으니 이제 목표를 향해 가볼까요?"

승우가 느긋하게 말했다. 말투도 말소리도, 심지어는 행동까지 굼떠 보일 정도로 느리게 행동했다. 급한 건 너야. 행동까지도 압박의 일체를 이루는 것이다.

"대포폰, 그건 알고 있죠? 당신과 통화한 대포폰의 위치를 찾아서 그 부근에 있던 그분."

그분.

거기서 이규태의 어깨가 파르르 떨었다.

"우리도 리스트를 만들어두었습니다. 하지만 고민 중이죠. 당신과 딜을 할 것인가, 아니면 날것 그대로 언론에 흘려서 그분에게 전방위 압박을 줄 것인가."

이규태의 어깨가 조금 더 떨기 시작했다.

"후자의 파장은 잘 아시겠죠? 몸통들끼리 아주 바빠지겠죠. 책임 소재부터… 사후 매듭 공방까지."

"……."

"그렇게 되면 당신이 지키려는 윗선은 물론이고 그분들까지도……."

승우가 수갑을 꺼내 보였다. 하얗게 빛나는 수갑이 이규태의 눈앞에서 어지럽게 흔들렸다.

꿀꺽!

두 번이나 이규태의 침이 마른 목을 타고 넘어가는 게 보였다. 거기서 승우는 마지막 쐐기를 박았다.

"우리도 당신들 생리 잘 압니다. 당신 말대로 당신을 최일선 책임자로 하고 윗선은 지켜드리죠. 몸통만 말하세요. 당신에게 마지막 기회입니다."

"……."

"……."

두 개의 맹렬한 침묵, 그러나 오래가지는 않았다.

"욱!"

이규태는 결국 격렬하게 무너졌다. 그는 테이블에 머리를 묻고 한동안 소리 없이 흐느꼈다. 머리 좋고 자존심이 강한 엘리트들이 무너지는 수순이다. 승우는 담배를 뽑아 들었다. 접대용으로 지니고 다니는 담배. 그게 필요한 순간이 온 것이다.

"피워요."

승우가 담뱃갑을 내밀자 이규태가 받아 들었다.

담배.

어쩌면 조사실의 일등공신일 수도 있었다. 수많은 피의자들이 담배 한 개비에 입을 열었다. 그렇기에 담배와 자백, 심경

변화에 대한 논문을 쓰자고 말하는 검사도 많았다.

"후우!"

연기가 길게 밀려나왔다. 저 연기의 길이가 중요하다. 긴장하면 할수록, 포기하면 할수록 연기가 길어졌다. 심리수사 경험은 많지 않지만 승우는 그쪽으로 달인급이었다. 뺀질이 빠라들과 놀아나면서 그들의 심리를 엿본 까닭이다. 달리 말하면 자신도 모르는 사이에 심리전의 강자가 되었다는 뜻이다.

"강만수 회장님입니다."

한동안 연기를 뿜은 그가 마침내 입을 열었다.

강만수!

"어떻게요?"

의자를 당겨 앉은 승우가 슬쩍 손을 들어 참관실에 신호를 보냈다. 조사실 상황을 녹화하라는 것이다. 하지만 녹화는 이미 오래전부터 돌아가고 있었으니 승우만 모를 뿐이다.

"허어!"

전 과정을 지켜본 오 부장의 입에서 장탄식이 흘러나왔다.

송승우 검사!

박수무당 사건 전까지만 해도 결코 신뢰하지 않던 그다. 아니, 오히려 얼마나 골칫덩이였던가? 보직 이동 때마다 서로 휘하에 받지 않으려고 평풍을 치던 검사. 그러다 오 부장의 형사 3부 배속이 결정되었을 때 오 부장은 사표까지도 생각하고 있었다.

그런 승우였다. 지검의 그 누구도 밑에 두길 꺼리는 뺀질이에 권력형 비리를 일삼는 검사. 그 성향은 오 부장 밑으로 온 후로도 변하지 않았다. 그렇기에 오 부장은 감찰반에 불려가 증언을 한 것이 한두 번이 아니다.

그런 승우가 확실하게 변했다.

사실 박수무당 사건을 맡길 때만 해도 오 부장은 나름 꿍꿍이가 있었다. 그 직전, 피의자 구타 건으로 검찰청을 뒤집어놓은 승우. 승우가 짐작한 대로 골치 아픈 사건을 맡기고 해결하지 못하면 스스로 옷을 벗든 지방으로 가든 택일하게 할 참이었다.

그런데 전혀 뜻밖의 일이 일어났다. 그것도 일회성이 아니었다. 박수무당 현장에서 실무 수사관들보다 날카롭게 증거와 단서를 찾아냈고, 나아가 미궁에 빠지거나 허술하게 처리된 살인 사건들도 단서를 잡아왔다.

그리고 마침내 오늘……. 가히 역사적인 순간이다.

오전에는 느닷없이 민정식의 살인을 입증하더니 지금은 미궁에 빠진 사건 피의자의 입을 열었다.

오창윤 부장!

사실 참관실 유리벽으로 지켜보면서 가슴을 졸였다. 과연

저놈이 새로이 거듭난 것인가, 아니면 제 버릇 개 못 준다고 또다시 초대형 사고를 칠 것인가?

오 부장의 우려는 퍼펙트하게 불식되었다. 심문 과정을 지켜보면서 오 부장은 몇 번이나 감탄했다. 그건 FBI나 CIA 같은 곳의 고급 연수에서 이론으로나 듣던 작품이었다. 근래에 보기 드물게 완벽한 유도신문.

무엇보다 구성이 가히 예술이었다.

느닷없이 무당을 매개로 상대의 경계심을 허물더니 마치 현장을 직접 본 듯 세밀한 카드를 뽑아 들었다. 디테일한 심리적 압박. 두 개의 조율이 일대 쾌거를 불러왔다. 그건 김혁이라도 해낼 수 없는 일이다.

"사람은 오래 살고 볼 일이야."

오 부장이 비장하게 고개를 끄덕거렸다.

"부장님."

김혁의 입가에도 미소가 엿보였다. 오 부장의 말뜻을 아는 그다. 아니, 김혁 역시 승우의 새로운 면모에 반색했다.

"지원 안 해? 이거 김 검사 사건이잖아?"

오 부장이 목소리가 가뜬하게 김혁을 재촉했다.

"보시다시피 들어갈 타이밍이 아닙니다."

김혁은 어깨를 으쓱해 보였다. 완전히 허물어진 이규태를 몰아붙이고 있는 승우. 거기에 누군가 낀다는 건 고춧가루가 될 뿐이다.

"송 검사 조사 끝나면 내 방으로 좀 오라고 해."

오 부장이 말했다.

"퇴근 안 하시고요?"

"사람, 지금 퇴근이 문제야? 송 검사가 저렇게 대박 끗발 날리고 있는데?"

오 부장은 뿌듯한 얼굴로 참관실을 나갔다.

"송 검사!"

승우가 김혁과 함께 부장 검사실 문을 열자 오 부장은 승우 쪽을 보고 더 반색했다. 그 곁에는 지검장이 자리 잡고 있었다.

"어서 오게. 고생들 많지? 앉아."

오 부장은 기꺼이 자리를 권했다.

"괜찮습니다."

승우와 김혁은 가볍게 사양했다. 승우는 이미 상황을 알고 있었다. 김혁으로부터 오 부장이 참관실에서 생방송으로 지켜보았다는 걸 들은 것이다.

"엄지를 세워주고 가셨어."

김혁은 승우를 안심시켰다. 하지만 크게 개의치 않았다. 권총을 겨눈 것도, 피의자의 인권을 침해한 것도 아니니까.

무엇보다 이규태가 입을 열면서 긴급히 조치를 취한 두 사람. 한가로이 간부들에게 상황 보고나 할 때가 아니었다.

"어허, 앉으라니까."

오 부장이 거듭 권한 까닭에 하는 수 없이 앉았다. 김혁과 나란히 지검장의 맞은편이다.

"누가 보고할 텐가? 뭐 송 검사가 취조했으니 직접 보고하지?"

오 부장의 시선이 김혁까지 아울렀다. 눈치를 보니 아직 이승준 사건의 몸통은 얘기하지 않은 모양이다. 그러니까 오 부장, 나름 승우를 띄워주려는 의도가 있었다.

"보고 드려."

김혁이 승우의 옆구리를 툭 쳤다.

"그게……."

"몸통이 나왔다고?"

"예."

승우가 한마디로 대답했다.

"제보자가 있었다고?"

"예."

"누군가?"

"그쪽에서 신분 공개를 꺼려 특별한 방법으로 접근해 온 터라 저도 신상에 대해서는 아는 바 없습니다. 더구나 그게 중요한 것도 아니고요."

승우는 힘주어 대답했다. 어차피 공개 불가능한 제보자(?)이니 초장부터 선을 그어버린 것이다.

"좋아, 그건 공감하지. 그보다 몸통은 누군가? 정치권? 아니면 청와대?"

조바심이 난 지검장은 과정을 물고 늘어지지는 않았다.

"……."

"어허, 사람, 애간장 타겠네. 어서 말씀드리시게."

오 부장이 한 번 더 재촉했다.

"강만수 씨입니다."

"강만수?"

지검장이 움찔 흔들렸다. 몸보다 눈이 더 출렁거렸다.

강만수!

직전 정부의 외교부장관에다 현 대통령의 일등 선거 공신. 그가 거쳐 온 직함은 한둘이 아니었으니 지검장이 놀라는 것도 당연했다.

"확실한가?"

"예."

"이런!"

지검장이 털썩 물러앉았다.

강만수, 현재 입각하고 있지는 않지만 총리 물망에도 올랐던 인물. 더구나 대통령의 복심이자 그림자라는 소문까지 있으니 함부로 손대기 어려운 거물이다.

"증거는?"

"이규태가 시인을 했고 대포폰으로 통화한 기록이 있습니다. 둘 다 대포폰으로 통화했는데 강만수의 동선과 거의 일치하고 있습니다."

"허어, 아침에는 토막 사체 발굴, 이제는 정치 거물."

지검장은 장탄식을 쏟아냈다.

"이거 자칫하면 일진광풍이 불겠군."

"......"

"일단 총장님께 보고부터 할 테니 당장은 보안을 유지하고 있게나."

지검장은 서둘러 일어섰다. 하지만 그 발길을 승우의 목소리가 막아버렸다.

"죄송하지만 이미 구속영장을 청구했습니다만……."

"뭐야?"

지검장이 벼락처럼 돌아보았다.

"이런 일은 속전속결로 가야 합니다. 그렇지 않으면 증거 인멸의 우려와 함께 사방에서 압력이……."

침묵하던 김혁이 거들고 나섰다.

"오 부장!"

지검장은 오 부장의 동의가 필요한 듯 시선을 돌렸다.

"제가 지시한 건 아닙니다만 제 생각도……."

"어허, 이 사람들, 검찰 밥 한두 해 먹었나? 상대가 강만수라며?"

"예!"

짧게 대답하는 승우.

"증거 확실한가?"

"확실합니다."

"안 돼. 이건 보다 신중하게 접근할 일이라고. 자칫하면 우리 지검이 통째로 날아갈 수도 있어."

"……."

"송 검사, 김 검사, 영장 집행 잠시 연기해."

오 부장은 중간을 택하고 나섰다. 승우는 바로 고개를 저었다.

"늦었습니다. 김 검사와 제가 여기 들어오기 전에 수사관들이 강만수 자택에 도착했다는 연락이 왔었거든요."

"뭐야?"

지검장과 오 부장이 경악할 때 승우의 전화기가 다급하게 울었다.

"집행이 끝난 모양이군요."

승우는 전화를 꺼내 받았다.

"여보세요!"

─검사님, 차도형입니다.

전화를 건 건 차 수사관이었다.

"집행했나?"

─그, 그게…….

전화기 안에서는 뜻밖의 대답이 흘러나왔다.

─강만수가 목을 매고 자살을 했습니다.

"지금 뭐라고 했어?"

─자살을 했다고요. 우리가 도착하기 직전에 절명한 것 같습니다. 추측컨대 어떤 개자식이 영장을 청구한 사실을 유출한 모양입니다.

"……!"

승우는 머리카락이 곤두서 버렸다. 산 넘고 물 건너 겨우해결한 초대형 사건의 배후. 그런데 수갑을 채우기도 전에 자살이라니.

승우와 김혁이 강만수의 자택에 도착했을 때는 깊은 밤이었다.

"이쪽입니다."

강만수의 자택 앞에서 차도형이 승우를 맞이했다.

강만수의 시신은 거실 끝에 있었다. 그는 그 끝에서 목을 맸다. 다급한 결정이었는지 넥타이도 풀지 않은 모습이다.

"아이고, 밖에서 돌아오신 지 한 시간도 안 됐는데……."

미망인으로 남은 부인이 통곡을 해댔다.

"현장에 남은 유서입니다."

차도형이 증거 수집용 비닐 안에 담긴 종이를 내밀었다.

—다 내가 부덕한 탓입니다. 모든 걸 용서 바랍니다.

유서는 짧았다.

"운전기사 신병 확보했고, 핸드폰과 노트북 등도 확보했어. 대충 피해가려고 목을 맨 모양인데 이렇게 되면 진짜 몸통이 따로 있다는 얘기잖아?"

옆으로 다가온 김혁이 말했다.

진짜 몸통.

승우의 등골에서 식은땀이 흘러내렸다. 총리급 물망에 오른 사람의 뒤에는 과연 누가 있단 말인가?

"그럼 처음부터 다시 시작해야 하는 거로군."

승우가 중얼거렸다.

"일단 전화부터 분석해 보자고."

거침없이 대답하는 김혁의 목소리에서 비장미가 엿보였다.

퇴근하지 못했다.

사체 절단 유기 사건 때문이 아니었다. 원인은 강만수 때문이었다. 그의 시신이 발견된 직후 승우와 김혁은 바로 지검으로 불려 들어왔다. 그들을 기다리고 있는 건 대검찰청에서 내려온 고위간부와 이건섭 제2차장검사, 그리고 허광문 차장이었다.

"사건 일체의 기록을 대검 공안부로 넘기고 손 떼도록!"

허 차장이 말했다.

"차장님!"

김혁이 이의를 제기하고 나섰다.

"위에서 내려온 지시야. 좀 더 신중하고 자세히 조사하기 위한 거니까 그렇게 알아."

"하지만……."

이번에는 승우가 나섰다.

"송 검사!"

"예."

"자넨 이 사건 담당 주임검사 아니잖아? 자네는 토막 사체 사건에나 집중하게."

이 차장이 끼어들었다.

"아닙니다. 송 검사는 이 사건에 대해 의견을 개진할 자격이 있습니다. 결정적인 단서들을 전부 이 친구가 찾아냈거든요."

김혁은 승우 편을 들었다.

"지금 그게 중요한 게 아니야."

"그럼 뭐가 중요합니까? 지금까지 김 검사가 잘해오던 수사를 이제 와서……."

승우는 그냥 물러서지 않았다.

"위에서 검토한 결과 사건의 성격을 보아 대검 공안부에서 맡는 게 타당하다고 결론을 내린 걸세. 그렇게 알아."

"그게 진짜 이유입니까?"

"아니면?"

이건섭이 눈을 부라렸다.

"지금 그걸 묻고 있지 않습니까?"

"이 친구가 보이는 게 없나? 지금 항명하는 건가?"

"사건 마무리 단계에서 수사 주체와 수사 검사를 바꾸라니까 이러는 거 아닙니까?"

"자네들 공은 충분히 감안될 거야. 그러니까 조직의 결정에 따라."

이 차장의 말이 끝나자 대검에서 나온 공안부장이 들어왔다. 그 곁에는 사건을 인수할 검사들과 수사관들이 묵직하게 포진하고 있었다.

"관련 서류 일체를 넘기게!"

이 차장은 그 말을 남기고 복도로 나갔다.

"에라, 이!"

회의실에 혼자 남은 승우가 물 잔을 집어 던졌다.

깡!

벽을 친 플라스틱 물 잔이 소음을 내며 바닥에 떨어졌다.

강가라강강강!

몇 번을 구르던 물 잔이 멈췄다. 기분 더러웠다. 잔칫상을 차렸는데 누가 와서 엎은 기분이다. 이래서 검찰이 욕을 먹는다. 이제 와서 상부가 손을 대야 하는 이유가 무엇인가? 왜? 왜? 왜?

조직의 생리가 무섭다는 걸 처음으로 실감했다. 일개 평검사의 한계를 함께 절감했다. 그동안 검찰 조직의 위세를 단단히 누려온 승우. 그런 조직이기에 위에서 작심하고 누르면 눌리게 되는 것이다. 높은 권력을 누리는 반대급부이자 의무일 수도 있었다.

그런데 초라하게 나뒹구는 물 잔에 생뚱맞게도 석경표 반장의 얼굴이 서려왔다.

석경표.

언제였을까? 그가 물 잔을 던지고 간 사건이 있었다. 조직폭력배가 개입된 살인 사건이었다.

승우는 그가 잡아온 살인범을 기소하지 않았다. 증거 보강을 지시했다. 돌아보니 그때 석 반장은 승진을 앞둔 시기였다.

그는 물컵을 던지고 가버렸다.

그때는 전혀 의식하지 않았던 일. 뜻하지 않게 동병상련이 되어 보니 그 기분을 알 것 같았다. 승우는 전화기를 집어 들었다. 그런 다음 석 반장에게 전화를 걸었다.

"토막 사체 냄새로 코가 뭉개졌을 텐데 한잔 빨까요?"

악질 검사이던 송승우.

그냥 좌절하는 대신 과거의 치부를 향해 화해의 손을 내밀었다.

아직 시간은 많으므로.

송승우는 아직 젊으므로.

6장
접신(接神)

빨간 딱지 소주를 시켰다. 그를 위해서였다. 그는 빨간 딱지 소주만 술로 인정했다. 승우는 그 말을 기억하고 있었다.

"웬일이슈? 뭐 잘못 먹었나, 아니면 사람 또 어르고 뺨치려고 그러시나."

20분이나 늦게 온 석 반장이 퉁명스럽게 말했다.

"받으세요."

승우가 술병을 들었다. 그래도 석 반장은 잔을 내밀지 않았다. 승우는 그 앞의 잔에다 술을 따라주었다. 그리고 자기 잔으로 술병을 옮겨갔다. 그러자 석 반장이 그 손을 잡았다.

"이리 주쇼. 반가운 자리는 아니지만 자작하는 꼴은 못 보니."

석 반장이 따르는 소주에서 꼴꼴 소리가 났다.

꼴꼴꼴!

침묵 때문인지 소리가 또렷하게 들렸다.

"드시죠."

승우가 잔을 들었다. 석 반장은 잠시 노려보더니 그대로 술잔을 집어 들고 원샷을 해버렸다.

"고귀한 검사님께서 이런 허접한 안주로 되겠수? 적어도 청정한우 등심 1+++ 정도는 구워야지."

석 반장이 홍어찜에 콩나물을 섞어 집으며 한껏 비꼬았다.

"마음에 안 들면 다른 데로 갈까요?"

"다른 데?"

"예… 뭐 원하시면 아가씨 나오는 집도 좋고."

"하긴 능력 좋은 검사님이시니 스폰서도 많으시겠지."

"그건 아니고요, 진짜 반장님에게 사과의 술 한잔 올리려고 그럽니다. 돈은 제 카드로 내죠."

"어디 아프쇼?"

석 반장이 뜨악한 시선을 들었다.

"요즘 그런 얘기 자주 듣습니다."

승우는 반장의 빈 잔을 새로 채워주었다.

"그럼 병원에 가봐야지."

"전의 일은… 미안하게 되었습니다."

"뭐가 말이우? 한두 가지여야 말이지."

"그럼 전부 다요."

"……?"

"제가 경험이 달리는 데다 욱하는 성질까지 있다 보니 모든 게 미숙했습니다. 그러니 한 번만 이해를 해주십시오."

"허어, 우리 검사님, 중병이네. 진짜 병원에 가보서야겠수 다."

"그럼 어디 한 군데 추천해 주시죠. 명의가 있는 곳으로."

승우가 웃으며 말을 받았다.

"진짜 속셈이 뭐요?"

석 반장이 고개를 들었다.

"……"

"내가 아는 송 검사는 이런 사람이 아니거든. 그러니 직원들 닦달해서 범인 빨리 잡으라고 약 치는 거요, 아니면 엿 먹이는 고단수가 업그레이드된 거요?"

"불쾌하시면 그냥 갈까요?"

"……?"

"그동안 제가 한 행동이 역겨웠을 거라는 거 압니다. 하긴 제가 좀 재수 없긴 했으니 아직 이해를 구하기에 때가 되면 좀 더 자숙기를 거친 후에 자리를 마련하겠습니다."

"……."

"시간 내주셔서 고맙습니다."

승우는 정중한 묵례를 남기고 일어섰다. 오랫동안 형성된 나쁜 이미지. 한 방에 날릴 수는 없는 모양이었다.

"여보쇼, 송 검사님!"

승우가 계산대로 갈 때였다. 문 쪽으로 향하던 석 반장의 투박한 목소리가 날아왔다.

"고귀한 검사 양반들은 모르겠지만 우리 노가다 독수리들은 오늘 같은 날 쐬주 한잔으로 안 된다오. 2차로 가맥 한잔 빨 판인데 그런 데서도 마실 수 있으면 따라오슈."

가맥집.

그냥 길바닥 테이블이다. 승우는 석 반장을 따라 테이블 하나를 차지하고 앉았다. 맥주는 편의점용 병맥이다. 안주는 북어포 말린 걸 구워 찢어냈다. 다른 건 없었다. 그 옆에 끼워 놓은 간장에 마요네즈, 그리고 삭힌 고추를 썰어둔 소스 외에는.

"이런 데서 술 마셔봤수?"

이번에는 석 반장이 먼저 병을 들었다. 승우는 그 병을 되받아 잔을 채워주었다.

"전에 대학 다닐 때는."

"하긴 검사들도 대학 다닐 때는 고귀하지 않았을 테니."

석 반장을 따라 첫잔을 마셨다.

"드서보슈. 나한테는 가격 대비 최고의 맥주 안주라오."

석 반장이 황태포 한 점을 내밀었다. 망치로 때린 후에 연탄불에 구운 황태. 그냥 보기엔 숯검정이 보이는데 주인장이 그걸 다듬어 깔끔하게 손질해 냈다. 입에 넣고 우물거리니 뒷맛이 달았다.

"먹을 만하슈?"

"보기보다 맛있군요."

"맛이야 솔직히 야시시한 아가씨들 끼고 룸살롱에서 마시는 양주가 최고지."

"······."

"궁금하군요. 변한 거요, 아니면 변한 척하는 거요?"

"좀 늦었지만 검사 짓 한번 제대로 해보려고요."

"그럼 그동안은 제대로 안 한 거 아시는군."

"그렇겠죠."

"허어! 오늘은 술이 나를 마시나? 계속 헛소리가 들리는 거 같으니."

"······."

"소문은 들었수다. 박수무당 사건, 제대로 해결했다고. 솔직히 송 검사님 실력이라고 믿기지는 않지만."

"맞습니다. 그거 운이 좋아 해결한 겁니다."

승우는 겸손하게 응수했다.

"젠장, 전하고는 확실히 좀 다르긴 합니다만……."

석 반장은 또 한 잔을 비워냈다.

"아직 승진 못 하신 모양이군요?"

"그거야 검사님이 물으면 안 되지. 때마다 내 인사 카드에 지뢰 던진 게 누군데."

"그럼 그때 그 일로?"

"조직이야 어디든 다 똑같수다. 높은 양반들은 골치 아픈 걸 싫어하거든. 그런데 당신 지휘만 받으면 재수사 떨어지니 내가 뚜껑이 안 열리겠수? 결국 화살은 나한테 돌아오는 거지."

"죄송합니다."

"됐수다. 사실 내가 뭐 관운이 있는 것도 아니고. 아줌마!"

석 반장은 맥주 세 병을 더 시켰다. 그걸 다 마시고서야 석 반장의 마음이 다소 풀어지기 시작했다.

"지켜보겠수다."

단 한 마디였다.

당신의 마음이 진심인지 아닌지.

석 반장은 뚝심 어린 여운을 남기고 돌아갔다.

"민민!"

집으로 돌아온 승우는 불도 켜지 않은 채 민민을 불러냈다.

"밍글라바."

먼저 민민의 맑은 인사를 읊조렸지만 민민은 나오지 않았다.

"민민."

한 번 더 불렀다. 속으로 은근히 걱정이 되었다.

두 번을 더 부르자 민민이 아주 작게 인사하며 피어났다.

"밍… 글… 라… 바……."

너무 작아 잘 들리지 않았다. 소리만 힘이 없는 게 아니었다. 피어난 민민의 모습은 창백하기 그지없었다. 훅 불면 금세 사라질 것처럼.

"민민, 괜찮으냐?"

"……."

"다쳤구나?"

승우가 손을 내밀었다.

"영기(靈氣)가 조금 손상되었어요. 며칠 쉬면 괜찮아질 거예요."

민민은 승우의 손에 내리지 않고 허공에서 대답했다. 그러는 중에도 빛이 자꾸만 나른해졌다. 영령에 대해 잘 모르는 승우지만 심각하다는 건 알 수 있었다.

"조금이 아닌 거 같은데?"

"……."

"내가… 도울 일은 없니?"

승우가 물었다. 민민은 가만히 고개를 가로저었다.

"도울 일이 없단 말이지."

가책이 쓰나미처럼 밀려들었다. 승우를 위해, 승우의 부탁을 들어주느라 악령에 맞선 작은 영령. 이 착한 영령을 위해 해줄 게 없다니…….

"민민."

"네?"

"내가 할 수 있는 게 있으면 말해봐. 뭐든지."

"……."

"어려운 일이더라도 망설이지 말고."

"……."

"민민."

"아저씨가 할 수 있는 일이 있긴 해요. 하지만 어려워요."

"말해봐. 뭐든지 괜찮아."

"……."

"민민."

"민민은… 말만 앞세우는 사람 미워해요."

"나도 이제 그럴 생각이다."

"아저씨."

"말해보라니까."

"낫꺼도."

민민은 담담하게 한마디를 내놓았다.

"낫꺼도?"

"낫꺼도가 되면 나를 도울 수 있어요. 그럼 내 아이라비타와 발루와의 친화력도 아저씨 스스로 가질 수 있을 테니 스스로 악령을 볼 수도 있고요. 말하자면 나와 영물 코끼리들에게 쉼터이자 기반인 파고다가 되어주는 거죠."

"파고다?"

"네, 미얀마의 상징 쉐다곤 파고다처럼… 짜익티요의 파고다, 뽀빠산 정상의 파고다처럼."

그게 바로 접신(接神)!

벼락처럼 한 단어가 떠올랐다.

무속에서는 신내림, 즉 내림굿을 말한다. 접신하는 능력을 가지려면 내림굿을 받아야 한다. 신어머니나 신아버지를 모시고 그의 주재하에 무신의 강림을 받아들이는, 그리하여 소위 신의 사자로서, 혹은 신의 능력 대행자로서 잡귀를 다스리는……

"미얀마의 접신은 어떻게 하는 거냐? 코리아의 접신은 말이지……."

승우가 짧게 내림굿을 설명했다. 설명을 마친 승우의 눈빛은 다소 어두웠다. 승우, 무당이 될 수는 없었다.

"어허, 네 이놈!"

승우는 접신된 엄마를 보았다. 그건 엄마가 아니었다. 엄마 안에 무신이 들어온 것. 검사인 승우가 그렇게 된다면? 그렇게 범인을 잡고, 취조하고, 수사를 지휘한다면? 그건 있을 수 없는 일이었다.

그 말을 들은 민민이 고개를 저었다.

"저는 아저씨에게 진짜 낫꺼도처럼 살라는 게 아니에요."

"무당처럼 방방 뛰면서 살지 않아도 된다는 거냐, 미얀마 낫꺼도 접신은?"

"네."

"그럼 코리아의 내림굿 과정과 다르다는 거구나?"

"코리아는 모르지만 아이라비타와 발루를 통한 낫꺼도 접신은 아주 위험해요."

"그건 네가 코리아의 내림굿을 몰라서 그래. 어떤 내림굿은 서슬 푸른 작두를 탈 때도 있거든. 접신이 제대로 되지 않으면 발이 뭉텅 나가는 거야. 혹은 마음이 심약하여 무신을 받아들이지 못하면 살짝 맛이 가는 수도 있고."

"그렇군요. 하지만……."

민민은 파리하게 흔들리며 말을 이었다.

"미얀마 낮꺼도 접신은 죽을 확률이 절반이에요."

"……?"

절반?

승우의 눈이 무한 증폭되었다.

절반이라니?

"대체 뭘 어떻게 하는 건데 절반이라는 거냐?"

"……."

"민민!"

"우리 할아버지처럼 위대한 성취를 이룬 낮꺼도의 인도를 받으면 그렇지 않죠. 하지만 이제 할아버지는 없으니까."

"그럼 아예 시도도 못 하는 거잖아?"

"시도는 가능해요. 할아버지는 없지만 코끼리는 있으니까요."

"코끼리?"

"신과 소통하겠다는 믿음이 강하다면 흑백 코끼리를 차례로 삼키면 돼요. 검은 코끼리 여섯 마리와 흰 코끼리 여섯 마리. 그래서 어둠의 상징 발루와 밝음의 상징 아이라비타가 아저씨와 완전하게 일체가 되면 영기를 얻어요. 악령의 세계를 볼 수 있고 말할 수도 있어요."

"쇳덩어리 코끼리를 먹으라고?"

"그들이 아저씨를 해체하고 영적 능력을 활성화시키면 아저씨는 살아요. 하지만 믿음이 약해 그 과정을 의심하게 되면… 그래서 한 마리라도 나오지 않으면… 아저씨는……."

"……."

다이!

죽는다.

말하지 않아도 알 수 있었다.

"쉬어야겠어요. 너무 말을 많이 했네요."

민민은 피곤한 듯 하르르 떨었다.

"민민."

"잘 자요. 오늘도 아저씨는 잘 잘 수 있을 거예요."

그 말을 끝으로 민민의 빛이 저절로 꺼졌다.

"민민……."

손목을 들여다보지만 반응은 없었다. 승우는 목에 맺힌 긴 한숨을 토해냈다.

쩝!

입맛이 썼다. 방법만 있으면 바로 실천할 것처럼 굴고는 꼬리를 내리다니…….

'접신이라…….'

마땅치 않은 단어를 곱씹으며 승우는 불을 켰다. 그런 다음에 샤워를 했다. 민민을 돕는 방법. 이해는 갔다. 이미 혼령이 된 민민. 그런 그를 도우려면, 그가 악령을 찾아내고 다스릴 때 도움이 되려면 접신이 옳은 방법이었다.

엄마가 말했다.

접신을 하면, 제대로 무신들이 빙의되면 세상의 잡귀를 다 볼 수 있다고. 그리고 그들의 힘을 받으면 세상의 모든 잡귀를 다스릴 수 있다고. 그것들은 엑스터시와 트랜스, 그리고 포제션으로 설명되었다. 트랜스는 의식의 변화, 엑스터시는 탈혼 상태, 마지막으로 포제션은 빙의, 여기서 더 나가면 환신까지도 가능했다. 엄마의 무속관으로는.

이걸 믿으려면 사령과 생령까지도 알아야 했다. 죽어서 저승으로 가는 사령과 살아 있는 사람에게 깃들어 있는 생령. 생령이 나가면 혼수상태에 빠진다. 의식이 사라지는 것이다.

트랜스!

엑스터시!

포제션!

그것들을 이루는 접신의 핵심. 과학시대를 사는 일반인에게는 말도 안 되는 샤머니즘에 불과할 뿐이다.

그래도 한 가지 위안은 있었다. 신들려 눈 뒤집고 쉰 목소리 뿜는 무당처럼 방방 뛰지는 않아도 된다는 것.

밤 열두 시.

불면이 다시 찾아왔다. 기괴한 절규나 소름 끼치는 소리 때문이 아니었다. 착잡한 마음이 거두어지지 않는 것이다. 승우는 베란다로 나갔다. 그런 다음 박스 안의 무신도를 꺼내 테이블에 펼쳤다.

일광보살, 월광보살, 태을신장, 오방신장, 관성제군, 화덕장군, 벼락장군……."

엄마의 신당에 걸려 있던 무신도들. 맨 위에 놓인 건 태을신장이다. 한 장을 넘기니 그 아래에 천존신장이 보였다. 태을신장은 전신(戰神) 신장이다. 여러 신장 중에서도 그 능력이 으뜸이다. 그러니 잡귀를 물리치는 데는 그만한 무신이 없었다.

하지만 천존신장이라면 이야기가 달랐다. 천존신장은 자멸의 능력을 가지고 있다. 공간을 순간적으로 차단시켜 적과 함께 폭사하는 능력은 공포 저 너머의 능력이다. 그렇기에 전신(戰神)으로 불리는 태을신장이나 삼주호법 같은 신장들도 그를 함부로 보지 못했다.

삼주호법, 팔문신장, 백마신장, 호법신장, 기문둔갑신장, 십이신장, 오방신장…….

오랫동안 잊고 있던 천계신장들이 하나둘 승우의 뇌리를 스쳐 갔다. 어지러운 영상을 따라 엄마의 굿판이 벌어진다.

"수리수리마하수리, 수수리사바하. 앞도 당산 골매기천왕, 뒤

도 당산 골매기천왕, 사해용왕 절대천왕 제선천왕 북두대신 칠월
성공… 동방갑을 형토신장, 남방벽제 주작신장, 서방경서 백호신
장, 북방흑제 현무신장, 중앙무기 구진신장, 천상옥경 천조신장,
천상옥경 태을신장, 태을신장, 태을신장… 여울령사바하, 사바하
사바하……."

엄마는 신내림 때 작두를 탔다. 단 한 번에 성공했다고 했
다. 작두를 타는 순간 꽃잎을 밟는 기분이 들었다고 했다. 꽃
위에서 엄마는 춤을 추었다. 꽃밭에 노니는 나비처럼 사뿐사
뿐.

태을신장과 천존신장의 틈을 비집고 엄마가 엿보였다. 하얗
게 웃더니 승우에게 물었다.

"무섭니?"

뭘 묻는 걸까? 지금 보고 있는 무신도가 무섭냐고 묻는 걸
까, 아니면 민민이 말한 낫꺼도의 의식이 무섭냐는 걸까? 승우
는 무심코 흑백의 코끼리들을 꺼내 들었다.

그 코끼리를 무신도 위에 올려놓았다.

한국의 무신도와 미얀마 낫꺼도의 영령이 깃든 영물의 만
남.

기분 탓인지 그림과 코끼리에서 영기가 피어나는 것 같았
다.

미얀마와 코리아.

어쩌면 이미 제대로 엮인 운명이었다. 이강순의 뒤틀린 욕망이 불러온 사기 애정극. 그것에 희생된 순수한 뮤뮤와 민민, 그리고 뮤뮤가 선택한 또 한 사람의 한국 남자.

바로 송승우!

돌아보니 뮤뮤는 승우에게 민민을 맡긴 셈이다. 이강순에 이어 또 하나의 선택이 된 승우. 뮤뮤와 민민을 이용만 해먹은 이강순. 돌아보니 승우도 결국 민민을 이용만 해먹고 있음에 다름 아니었다.

이강순과 똑같은 인간이 될 것인가?

그 생각을 하니 가슴에서 부끄러움의 덩어리가 확 치밀었다.

그때 갑자기 전등이 꺼져 버렸다.

"……?"

승우는 눈을 의심했다. 무신도가 움직이고 있었다. 코끼리들이 살아나고 있었다. 손목을 보지만 민민이 나온 기색은 없었다. 무신들은 어느새 병풍처럼 승우를 둘러싸 버렸다. 코끼리들 역시 뭉게뭉게 몸집을 키웠다. 그 중심에 오롯이 놓인 승우. 그 승우 앞에 작은 링이 피어나기 시작했다.

'뫼비우스의 띠?'

띠는 바깥과 안이 연결되어 있었다. 얼핏 보기엔 밖 같지만 따라가다 보면 안으로 이어지는 뫼비우스의 띠. 그 링 안에 누운 민민이 보였다.

'민민……'

민민은 소멸 직전이었다. 사람으로 치면 산소호흡기를 단 중환자. 모든 바이탈 사인이 바닥으로 추락한 모습이 거기 있었다. 환상인지는 모르지만 민민은 생각보다 심각한 상태인 것 같았다.

뿌우우!

흰 코끼리들이 슬픈 울음을 토해냈다. 그러자 검은 코끼리들도 가세했다. 그들은 애절한 눈빛으로 승우를 바라보았다.

도와줘.

그렇게 말하려는 걸까?

문득 돌아보니 태을신장과 천존신장 사이에 선 엄마가 화려한 무복을 입은 채 고개를 끄덕였다. 그 손에 들린 방울, 신을 부르는 저 방울.

접신!

민민!

승우의 머리에는 두 가지 단어밖에 없었다.

그 순간,

딸랑!

엄마의 방울이 울렸다.

마른침을 단숨에 넘긴 승우는 코끼리에게 손을 내밀었다. 열두 코끼리는 단숨에 그 손안에 들어왔다.

'이 또한 나의 운명.'

가엾은 미얀마 모자에게 또 하나의 이강순이 되기는 싫었다. 승우는 검은 코끼리에 이어 흰 코끼리 여섯 마리를 단숨에 삼켜 버렸다.

"우어억!"

흰 코끼리가 목을 다 넘어가기도 전에 승우는 목을 싸안고 몸부림을 쳤다. 목에서부터 지옥이 열리고 있었다.

검은 코끼리 발루!

흰 코끼리 아이라비타!

미얀마의 전설로 불리는 대장장이 응아 틴테가 만든 신물 중의 신물. 저울함의 재료는 2,000년 묵은 신성한 샴펙나무. 그들 모두에 담긴 미얀마의 상징들.

쉐다곤 파고다, 짜익티요 파고다, 그리고 뽀빠산 정상의 파고다.

빌어먹을!

그건 모두 거짓이었다.

완벽한 날조였다.

검은 코끼리들은 지옥의 사자로 변했고, 흰 코끼리 역시 죽음의 안내자에 다름 아니었다. 샴펙나무의 기괴한 가지들 또한 악몽에 다름 아니었다. 의식의 한 조각까지도 빠짐없이 절망이 내리꽂혔다. 그 시작은 파고다의 높디높은 첨탑들이었다. 아름다운 황금 첨탑들. 하지만 거꾸로 꽂히니 파멸의 창이 되어버렸다.

콰자작!

와자작!

악몽이, 절망이, 혼돈이 난폭하게 승우의 의식을 찢어발겼다. 첫 번째 의식이 붕괴하고 두 번째 의식이 붕괴했다. 공포는 극한에서 극한으로 오가며 승우의 영혼을 끊어냈다. 끊어내는 것으로도 모자라 뭉개고 짓이겼다.

검은 코끼리 다섯, 화수목금토.

그들은 죽음이 가득 밴 사악한 힘으로 승우를 파괴하고 소멸시켰다

그러면 평퐁을 하듯 이어지는 흰 코끼리의 평화의 느낌.

그 역시 화수목금토.

다섯 가지 성질, 그러나 검은 코끼리와는 다른 느낌으로 승우를 창조하고 생성시켰다.

두 개의 극과 극이 어이지고 끊어졌다. 그 시작은 창보다 날카로운 황금 파고다의 첨탑이었고, 그 반대는 둥근 종소리 느낌의 창조가 받아쳤다.

다섯 코끼리는 몰아치고, 한 코끼리는 관장한다.

그래서 여섯 마리.

6은 완전 수, 6은 천지창조의 날.

그래서 여섯 마리인 모양이다.

완전하게 소멸시키고 완전하게 창조하는.

'아아!'

차라리 죽고 싶었다. 죽고 다시 나는 고통은 죽는 것보다 힘들었다.

'아저씨……'

몇 번이고 소멸과 생성이 반복될 때, 그러다 코끼리들이 맹렬한 침묵으로 멈췄을 때 그 잠깐의 휴식기 사이로 민민의 목소리가 들려왔다.

'민민.'

'그만 포기하세요.'

'포기?'

'술공(戌空)이 열리지 않을 거 같아요. 그러니 그만 공포도, 미련도, 몸부림도 다 내려놓으세요. 그럼 더는 고통을 당하지 않게 돼요.'

'술공?'

'차원의 문, 인간과 신이 교감할 수 있는 곳, 접신할 수 있는 곳이에요.'

'민민……'

'아저씨……'

'저건 뭐지?'

승우는 아련해지는 의식 속에서 물었다. 그 주변에 검은 물체들이 일렁거리고 있다.

'아저씨의 영혼을 탐내는 악령.'

'악령?'

'아저씨의 믿음이 다 타버리는 순간 저들 중 하나가 아저씨의 영혼을 차지할 거예요.'

'나도 악령이 되는 건가?'

'아마요.'

'민민.'

'늦었어요. 아저씨의 신념은 술공을 열지 못했어요.'

'실패?'

승우는 속절없이 중얼거렸다.

그 뇌까림과 함께 모든 것이, 승우를 둘러싼 모든 것이 소멸되고 있었다. 중력이 가라앉고 목숨이 무너졌다. 그 고통은 오롯이 목을 타고 넘어와 사지말단으로 뻗었다. 뼈를 훑고 가는 치명적 고통, 살을 훑어내는 아픔, 겹겹이 중첩되는 고통이 극한에 이를 때 딸깍 하고 코끼리들이 만들어둔 혼돈의 명암마저 사라졌다.

승우의 기억은 이제 단 한 올이 남았다. 그 한 올 앞에 이 강순이 있다. 악령으로 변한 그가 징그럽게 웃고 있다.

'안 돼.'

산화하는 기억 속에서 승우가 소리쳤다. 소리는 새어 나가지 않았다.

'흐흐흐, 너는 내 것이다.'

이강순의 입가에 사악한 미소가 스쳐 갔다.

'천만에! 나는 너처럼 되고 싶지 않아!'

승우는 필사적으로 손을 내밀었다.

"안 된다고!"

마지막 숨을 모아 벽력처럼 소리쳤지만 속절없었다.

사멸(死滅)하는 것이다.

끝!

끝…….

모든 존재의 의식이 스르르 풀렸다. 그러다 그 손의 끝에 뭔가가 닿았다. 엄마의 무신도들이다. 무신도들은 승우의 손이 닿자 부적으로 변했다. 한없이 나른하던 승우의 후각에 침향이 느껴졌다. 엄마가 부적을 만들 때 쓰던 그 침향. 그 아련한 향이 승우의 의식을 흔들어 깨웠다.

승우야!

승우야!

일어나야지!

훌륭한 법조인이 되어야지!

너는 나를 포기해도 나는 너를 포기하지 않아!

엄마의 바람은 애달픈 침향이 되어 승우를 흔들었다.

딸랑!

그리고 이어지는 엄마의 신을 부르는 방울 소리.

딸랑!

번쩍!

"……!"

그 소리를 따라 승우가 눈을 떴다. 그러자 무신도가 변한 부적들이 일제히 동심원부(同心圓符)를 이루기 시작했다. 동심원부, 부적 중의 부적으로 통하는 그 부적. 그 안에 일렁이는 소용돌이무늬들이 이 세계와 저 세계를 당겨놓았다.

두 세계가 간신히 연결되었다. 동심원 부적은 신이 오르내리는 승강기이자 동시에 신들의 통로. 이른바 술공. 그건 바로 무당들이 강신무를 출 때 신을 받아들이는 그 맴돌기의 상징이다.

동심원은 돌고 또 돌더니 승우의 육신을 감싸 안았다.

아아아!

소리 없는 소리가 들렸다. 그리고 그 소리 사이로 화려하지만 소박한 모습의 무신도들이 걸어 나왔다. 마치 이웃의 친근

한 모습 같은 그 그림들은 제각기 코끼리에 올라앉은 미얀마의 37 낫(Nats)이었다.

음악이 들려왔다. 낫꺼도들의 음악 사잉 와잉이었다. 격렬한 비트가 터지자 승우를 감싼 동심원도 선율에 반응하기 시작했다. 처음 듣는 비트지만 낯설지 않았다. 굿판의 악사가 두드려 대던 장구나 징소리와도 닮았다. 승우의 세포는 그걸 기억하고 있었다.

비트에 취한 승우는 황홀경, 무아지경으로 나아갔다. 그때까지 뼈마디와 세포 사이에 붙어 있던 고통과 아픔이 리듬을 따라 하나씩 녹아내리기 시작했다.

보지 않아도 선명히 보였다.

흔적도 없이 녹아내리는 승우의 육신. 그 자리에 또 하나의 승우가 피어났다. 그 새 육신 안으로 엄마의 동심원 부적이 태을신장의 형상을 이루며 소리 없이 녹아들어 왔다.

태을신장!

그 위세, 모든 잡귀를 끓리는 그 가공스러움.

그런데 뭔가 한 가지 허전한 게 엿보이는 순간,

뿌우우!

우주의 탄생을 알리는 듯 코끼리 소리가 들렸다. 그러자 승우의 빈 곳들이 울컥울컥 기이한 부적으로 채워지지 시작했다.

둥실!

마침내 승우가 부적이 되고 부적이 승우가 되었다고 느껴지는 순간, 천상의 메아리와 함께 눈앞이 환하게 변했다.

아아아아!

위로였다.

평화였다.

생과 사가 숭고하게 승화된 세상, 그 세상이 승우 앞에 있었다. 그토록 무섭게 보이던 천계신장과 무신도들, 그사이에서 태을신장이 웃고 있었다. 부적들이 웃고 있었다.

그 웃음이 지기 전에 새로운 느낌이 밀려왔다.

사감(死感)!

사향(死香)!

사력(死力)!

"……?"

승우가 눈을 번쩍 떴을 때는 첫새벽이었다. 몸은 샤워를 한 것처럼 흠씬 젖어 있었다. 바닥을 보니 바닥까지도 물기가 흥건했다. 땀이 아니라 물을 쏟은 것 같은 광경이다.

그런데 몸이 시렸다. 뼈마디가 어찌나 시린지 움직이면 얼음처럼 부서질 것만 같았다.

'꿈이었나?'

가만히 돌아보는 순간, 목 안에서 확 쏠림이 넘어왔다.

"우엑!"

승우는 바닥에 대고 토악질을 했다. 몇 번을 했는지 모른다. 눈물과 콧물이 미친 듯이 넘어오고 배가 뒤틀렸다. 그렇게 마지막 액체까지 쏟아놓고 비워 버리니 시린 느낌도 사라졌다.

'응?'

승우는 보았다. 오물 속에 섞여 나온 코끼리들. 아까 삼킨 코끼리들. 그러니까 꿈이 아니라는 뜻이다.

'내가 이걸?'

오물을 헤집고 코끼리 열두 개를 챙겨 든 승우. 순간, 손목이 투명해진 걸 느끼며 또 한 번 소스라쳤다.

"민민……."

보였다. 오른 손목에 붙어 있는 민민의 빛. 가만히 보니 아픈 민민의 모습과 파리한 빛까지도 죄다 느껴졌다.

'그럼?'

접신?

술공을 열었다는 건가?

'엄마…….'

마지막 순간에 승우를 도와주었던 부적들. 승우는 얼른 베란다로 뛰었다. 거기 있던 박스를 열었다. 맨 앞에서 승우를 맞이한 건 태을신장 무신도였다.

태을신장.

접신의 순간 승우 안으로 녹아들어 온, 그리고 그 순간 승우의 시선이 머물렀던 한 가지 아쉬움, 그건 그 그림에도 없었다.

손가락!

손가락 없는 그림인 것이다. 기이한 생각에 손을 대자,

"……?"

후우웅!

무신도는 가루로 변해 버렸다. 마치 빛이 부서져 내리 듯이. 잠시 넋이 나갔지만 승우는 알았다. 술공을 열어준 힘. 흰 코끼리와 검은 코끼리, 그리고 거기 보태져야 할 또 하나의 이름.

엄마!

'맙소사! 엄마가 나를 도운 거야.'

승우는 벅차오르는 가슴을 누르며 가루를 쓸어 모았다. 가루는 승우의 손샅으로 흘러내리다 바람을 타고 날아갔다. 무의식 속에서 들은 그 비트들을 아련하게 남기고.

방 안 가운데로 돌아온 승우는 고개를 들었다.

큼큼!

오감을 열었다. 느낌이 달랐다. 여기저기서 감지되는 크고

작은 음기, 사악한 밤의 느낌, 그리고 비린 죽음의 냄새. 그러다 승우는 창을 타고 넘어오는 주검을 느꼈다. 도로 건너 저편 왼쪽으로 접어드는 2층 주택. 냄새의 시작은 그곳이었다.

아니나 다를까,

띠뽀띠뽀!

앰뷸런스가 새벽 경적을 깨고 달려왔다. 차는 골목을 따라 2층 주택 앞에서 멈췄다. 사람들이 웅성거리는 걸로 보아 누군가 죽은 게 분명했다. 경찰이 아니니 범죄는 아니다. 그렇다면 급사일 가능성이 컸다.

'설마?'

승우는 트레이닝복을 걸치고 뛰었다. 엘리베이터를 박차고 나온 승우는 검사 체면을 잊고 횡단보도 신호를 어겼다.

"……?"

주검의 냄새는 착각이 아니었다. 마스크를 낀 두 명이 사망자를 들것에 실고 나오고 있었다.

"아이고, 어머니! 이게 웬일이래요?"

가족들이 뒤따르며 눈물을 훔쳤다.

'내가……'

승우는 한쪽으로 비켜서서 중얼거렸다.

'내가 주검의 냄새를 감지하는 거야?'

승우는 후들거리는 두 다리를 간신히 지탱했다.

"그런 거야, 민민?"

승우는 손목을 보며 속삭였다. 거짓말처럼 투명한 안을 들여다보듯 엿보이는 민민이다. 지금은 밤도 아니고 더구나 도로변이 아닌가?

"축하해요!"

민민이 창백한 얼굴로 말했다.

"내 말이 들려?"

"네."

"어떻게?"

"아저씨 이제 낮꺼도가 되었으니까 악령들을 보고 들을 수 있고요, 민민과도 늘 통할 수 있어요. 아저씨의 일부를 접하는 의식을 하지 않더라도요."

"그럼 내가 저 주검을 감지하는 것도 우연이 아니고?"

승우는 도로에 진입하는 앰뷸런스를 바라보았다.

"네, 악령이 있다면 이제 아저씨 혼자서도 대부분 볼 수 있을 거예요. 호령할 수도 있고요."

"그럼……."

승우는 민민을 들여다보며 가만히 말을 이었다.

"너를 도울 수도 있는 거니?"

"아마요."

"어떻게?"

"어두운 곳으로 가서 아저씨의 영기를 제게 보태주세요. 그럼 회복이 빨라질 거예요."

어두운 곳?

승우는 오피스텔 지하의 화장실로 뛰었다. 거기 맨 끝의 화장실이 고장 나 있었다. 민민에게는 어울리지 않지만 불을 끄면 그보다 어두울 곳도 없었다.

"민민."

화장실에 들어선 승우는 민민을 바라보며 마음을 모았다.

내 작은 힘, 오롯이 이 착하고 여린 영혼을 위해!

마음을 모으자 몸이 오싹해지는 것 같았다. 그 영기가 민민의 몸을 쓰다듬기 시작했다. 민민의 몸은 조금씩 더 활력을 더해갔다.

"고마워요."

민민은 하얀 미소를 남기고 잠이 들었다.

"휴우!"

긴장이 풀린 걸까? 승우는 맥이 탁 풀리는 걸 느꼈다. 숨을 돌린 승우는 화장실 문을 열었다.

"까악!"

그러다 문을 열고 들어서는 청소 아줌마와 부딪쳐 버렸다.

"에구머니! 귀신?"

아줌마는 들고 있던 물통을 떨어뜨렸다.

"저 귀신 아닙니다."

"그, 그런데 왜 몸에서 창백한 빛이… 불도 안 켜고……."

"창백한 빛이요?"

승우는 어둠 속에 걸린 세면대 거울을 바라보았다. 승우 눈에는 아무것도 보이지 않았다. 그 순간 화장실 불이 켜졌다.

"혹시… 변태는 아니죠?"

아줌마가 밀대를 움켜쥔 채 물었다. 승우는 어깨를 으쓱해 보이며 엘리베이터 버튼을 눌렀다.

18층으로 올라온 승우는 욕실로 향했다.

'창백한 빛이라고?'

벽면의 대형 거울에 몸을 비춰본 승우는 혹시나 싶어 불까지 꺼보았지만 이상한 점은 보이지 않았다.

"큼큼!"

이번에는 몸의 냄새를 맡았다. 뭔가 변화가 있는 건 사실이었다. 그러니 남들이 바로 알아차릴 변화가 있으면 대책을 세워야 했다.

'괜찮은데?'

이번에는 거울 속의 눈을 보았다.

빨강색!

승우는 기억하고 있다. 엄마에게 접신이 제대로 되면 눈빛이 변하는 걸. 그 눈빛은 붉은 물감을 부은 듯이 빨갰다. 하지만 승우의 눈빛은 그렇게 빨갛지는 않았다. 다소 충혈되어 있을 뿐.

샤워를 했다.

그런데 샤워를 해도 피로감은 깔끔하게 가시지 않았다.

'잠을 못 자서 그런 거야.'

승우는 타월을 걸치고 나왔다.

머니머니머니닝!

테이블 위의 핸드폰이 울었다.

'벨소리부터 바꿔야겠군.'

머니머니!

뭐니 뭐니 해도 머니가 최고라는 뜻으로 다운 받은 벨소리다. 지금 생각하니 얼굴에 화로를 들인 듯 뜨끈해졌다.

전화를 건 사람은 뜻밖에도 석 반장이었다.

―수색 재개할 건데 나오시려우?

시계를 보았다. 시간은 새벽 다섯 시 반을 지나고 있었다.

'벌써요?'라고는 말하지 못했다. 어제 그가 한 마지막 말 때문이다.

지켜보겠수다.

승우는 얼른 물을 떨어내고 옷을 챙겨 입었다.

승우가 야산 현장에 도착했을 때 석 반장은 수색대원들 앞에서 기다리고 있었다.

　"반장님."

　"그래도 생각보다 일찍 오셨군."

　반장이 시계를 보았다.

　"다들 고생이 많습니다."

　"고생이야 죽은 사람들 가족이 하는 거라우. 우리야 그래도 월급 받고 하는 짓 아니우?"

　"그렇군요."

　"죽은 사람들 가족 마음을 아슈?"

　"잘……."

　몰랐다.

　"어떻수, 오늘은 수색에 직접 참여해 보시는 게? 어차피 사체 두 조각은 검사님이 발견했다니……."

　"그러죠."

　승우는 기꺼이 제안을 받아들였다. 그러자 반장의 시선이 승우의 발등에 머물렀다. 번쩍거리는 구두 때문이다.

　그 차림으로?

　반장의 눈이 말했지만 승우는 산으로 발길을 돌렸다. 잔뜩 피로에 찌든 형사들과 의경들도 그제야 수색을 시작했다.

　"내가 왜 전화한 줄 아슈?"

능선을 오르며 반장이 물었다.

"제 태도를 확인하시려고."

"맞았수다."

"몇 점 주실 겁니까?"

"뭐… 한 70점?"

"후하군요. 고맙습니다."

"후해요?"

"솔직히 제 수사 성적이야 50점 정도이지 않습니까?"

"후하네. 누가 송 검사님 수사 성적을 50점이나 주겠수? 나는 10점도 많수다."

"그 정도였나요?"

"적어도 내가 알기로는."

"고무적이군요. 성적 상승할 여지가 많아서."

승우는 숲이 나눠지는 지점에 서서 호흡을 가다듬었다. 음산한 영기의 기운이 느껴졌다. 희미한 주검의 느낌은 느릿느릿 오감을 찌르며 강해져 왔다.

"이쪽으로 갑시다. 그쪽은 아무래도 시신을 유기하기에 마땅치 않수다."

반장은 반대편 길을 가리켰다.

하지만,

"아뇨. 이쪽에 있을 것 같습니다."

승우는 영기가 느껴지는 방향을 따라 걸었다.

"그 양반 참. 야, 이쪽부터 가자. 검사님이 까라는데……."

반장은 하는 수 없이 의경들 등을 밀었다. 그리고 오래지 않아 의경들의 외침이 들려왔다.

"다리하고 유품을 찾았습니다!"

승우가 말한 쪽이다.

잠시 후에 또 하나의 외침이 이어졌다.

"몸통과 장기 일부로 보이는 조각을 찾았습니다."

역시 같은 방향이다.

반장은 미간을 우묵하게 찡그린 채 승우를 바라보았다. 승우는 시치미 뚝 떼며 일단의 의경들에게 험한 숲 뒤를 가리켰다.

"저기도 좀 수색해."

승우가 영기를 느낀 쪽을 보며 말했다.

"검사님, 거기는 진짜 범인이 귀신이라면 몰라도……."

석 반장이 고개를 저었다. 하지만 승우는 고집을 꺾지 않았다. 결국 형사들이 의경을 인솔해 숲으로 들어갔다.

"새 사체가 나왔습니다!"

오래지 않아 형사들은 또 하나의 피살자 사체를 발견해 냈다. 반장의 입이 쫙 벌어진 것은 물론이다.

"가볼까요? 현장은 중요하다죠?"

승우가 앞서 가며 말했다.

현장!

중요하다. 수사는 초동수사와 현장 보존이 성패를 가늠한다는 말이 있을 정도이다. 현장이란 단순히 사고를 확인하는 자리가 아니다. 범인이 왜 여기를 택했는지, 왜 여기여야만 했는지를 찾아내는 과정이다. 머리로는 알지만 가슴은 외면했던 승우. 그런 그가 개념 있는 행동을 하고 있는 것이다.

아침 햇살을 받으며 걸어가는 송승우 검사. 반장에게는 그가 수수께끼처럼 보였다.

하지만 의경들이 둘러선 사체 발견지에 도착한 승우는 미간을 한껏 찡그렸다. 이 사체는 앞서 발견된 것과 달리 온전했다.

토막 내지 않은 것이다. 그보다 더 승우를 놀라게 하는 사실이 있었다.

'맙소사!'

승우는 눈을 의심했다. 사체의 해골이 일그러져 있었다. 마치 이강순의 그것처럼. 누군가 머리를 압박해 영기를 쪽 빨아먹은 듯한 상황. 앞서 발견된 토막 살인 사체와는 완전히 다른 양상이다.

7장

검사의 길

사체 네 구.

그것도 두 구는 토막 살인, 한 구는 기괴한 물리적 압박에 의한 살해, 그리고 바위에 끼어 죽은 사체. 반경 800미터 안에서 발견된 네 구의 유해는 공통점을 찾기가 난감했다.

토막 살인.

일단 두 구의 사체만으로 봐도 강력사건 중에서도 초강력 사건이다. 토막 살인은 일반적으로 적용되는 살인죄에 사체손괴죄가 동시에 적용된다. 사형이나 무기징역이 보장된 최악의 범죄 중 하나.

이런 성향의 범죄자라면 일단 사이코패스가 용의선상에 오른다. 사람을 죽이고 사체를 잘라내 유기하는 건 정신줄이 온전한 사람이 할 수 있는 일이 아니었다.

하지만 토막 살인도 그저 하나의 살인의 연장으로 보는 시각도 있었다. 어차피 사람을 죽인 일이다. 따라서 범인이 미치광이라서 절단한다기보다 사체를 유기하는 데 편리성을 도모하고 경찰 수사에 혼란을 야기하기 위해 이런 짓을 감행한다는 것이다.

실제로도 사체를 통째로 유기하는 것보다는 절단해 여기저기 뿌려놓으면 발견 가능성이 낮았다. 살해 장소나 시각을 알아내는 데도 애로가 생길 수 있었다.

검찰이 발칵 뒤집혔다.

언론이 발칵 뒤집혔다.

방송에서는 시시각각 생방송으로 지검을 찍어댔고, 그 중심에는 오 부장이 있었다. 언론은 졸개보다 장(長)을 선호했다. 바쁜 승우에게는 고마운 일이었다.

"이제 수사 개시입니다. 단서가 나오면 바로바로 보도 자료 내겠습니다."

오 부장은 그 말로 기자들을 뿌리쳤다. 그렇다고 떨어질 기자들이 아니었지만 검찰은 그리 호락호락하지 않았다. 덩치 좋은 직원들과 방호원들을 동원해 기자들을 밀어낸 것이다.

오 부장은 수사본부로 들어섰다. 전체 상황을 정리하던 수사관들이 일어나 인사를 해왔다. 승우는 책상에서 전화를 받고 있었다.

"송 검사!"

"아, 부장님."

승우가 전화를 끊으며 돌아보았다.

"상황은 정리됐나?"

"예. 곧 1차 보고서 나올 겁니다."

"사체는?"

"일부 유실이 있기는 한데 주요 부위는 모두 찾았습니다."

"아침에 한 구가 추가되었다고?"

"예."

"자료 왔나?"

"저기 보시죠."

승우가 벽에 설치한 화면을 가리켰다. 그런 다음 보고 화면을 틀자 현장에서 수습된 사체 토막들이 가감 없이 화면에 떠올랐다.

"이쪽이 토막 사체로군."

"예. 일단 두 구는 한 사람의 소행으로 보입니다."

승우가 화면을 확대했다. 모두 여덟 토막으로 잘라진 사체.

그것 외에도 늑골이 부러진 흔적까지 같아 동일범의 소행으로 추측이 가능했다.

"성폭행 후 살해인가?"

"아마 그런 것 같습니다. 성행위를 할 때 반항하면 위에 올라탄 자세에서 목을 조르게 되는데 그때 늑골이 부러지거나 금이 갈 수 있다더군요."

승우가 대답하자 오 부장이 고개를 들었다.

"아, 현장에서 경험 많은 형사에게 들었습니다."

오 부장은 고개를 끄덕였다. 살인 사건은 별로 맡지 않던 승우가 대답하기에는 무리인 답이 나왔기 때문이다. 승우는 다음 화면을 띄웠다.

"이건?"

오 부장도 화면을 알아보고 인상을 찡그렸다.

"맞습니다. 얼마 전에 제가 맡은 박수무당 사건 사체와 비슷합니다."

"그럼 그 사건의 범인이 이 사건에 연관이 있단 말인가?"

"그건 아닌 것 같습니다."

"하지만 저런 사체는……."

"조사해 봐야죠."

"희생자들은 무속과는 관련이 없고?"

"이 여자는 소지품이 있어 신원이 나왔습니다. 특이하게도 문신사더군요."

승우가 해골이 뒤틀린 화면을 보며 말했다.

"문신사?"

"그 왜 요즘 유행하는 타투 문신 있잖습니까? 그걸 하는 여자인데 봄부터 행방이 묘연했다고 합니다."

"실종신고도 없었고?"

"없었답니다. 이 여자가 어릴 때부터 가출해서 혼자 사는데다 몇몇 친구 말이 종종 일본이나 태국에 가서 타투를 공부하고 돌아오곤 했기 때문에 또 그러나 보다 했답니다."

"무속은 아니지만 문신사다? 왜 그게 비슷한 느낌으로 다가오지?"

"나머지는⋯⋯."

승우의 목소리와 함께 마지막 화면이 올라왔다. 바위틈에 끼어 사망한 아줌마 희생자였다.

"이 사람은 비슷한 곳에서 사체가 나오긴 했지만 이번 사건과는 거리가 좀 있는 것 같습니다. 사고사일 가능성이 높으니 분리해서 수사하겠습니다."

그때 여직원 하나가 수사본부로 들어왔다.

"오 부장님, 지검장님 호출입니다."

"나?"

"송 검사님도 함께 올라오라는데요?"

여직원은 그 말을 남기고 나가 버렸다.

"무슨 일이죠?"

승우가 물었다.

"그게⋯⋯."

"이 사건 때문입니까?"

"아마 그럴 거야."

"무슨 일인지 알면 설명해 주시죠."

"일단 가보자고. 가보면 알겠지."

오 부장은 승우의 등짝을 툭 쳐 주었다.

지검장 방에는 형사부의 베테랑 부장 박일순과 양기열이 동석하고 있었다. 승우는 오 부장을 따라 옆에 앉았다.

"사체가 더 추가된 게 있나?"

지검장이 승우를 바라보았다.

"혹시 몰라 현장 반경을 넓혀서 계속 수색하고 있습니다."

"사체가 총 네 구?"

"예."

"그 사건 형사 2부로 넘기게."

"예?"

승우가 발딱 고개를 들었다.

"오 부장에게 얘기 들었지만 송 검사가 맡기엔 역부족이야.

게다가 엽기적 토막 살인이지 않나?"

"지검장님!"

"내 생각도 그렇다네. 자네가 요즘 끗발 좀 날린다지만 살인 수사통이 아니지 않나? 이건 보통 살인하고 차원이 달라."

양 부장도 함께 딴죽을 걸어왔다.

"하지만 제가 제보받은 사건이고 사체 조각 발견도 제가 했습니다. 나아가 현장 수색도……."

승우는 거부 의사를 밝혔다.

"그럼 제보자 정보 인계하고 다른 사건 맡아. 이건 박 부장 쪽에서 시작하는 게 좋아."

지검장은 이미 결정이 났다는 듯 완고하게 말했다.

"제 전력 때문이군요?"

승우가 돌직구를 날렸다. 김혁이라도 그랬을까? 아니었다. 지검장과 간부들의 머릿속에는 아직도 승우에 대한 부정적인 견해가 남아 있었다.

"험험!"

핵심을 찔리자 지검장은 헛기침으로 때우려 했다.

"좋습니다. 박 부장님 명성이야 익히 아니까 이해합니다. 하지만 이 사건은 제가 맡아야 할 분명한 이유가 있습니다."

"이유?"

지검장과 박 부장, 양 부장의 시선이 동시에 쏠려왔다.

"세 분, 방금 전에 새로 발견된 사체를 보셨습니까?"

"말은 들었네. 한 구가 더 나왔다고?"

박 부장이 말했다.

"전화 한 통 하겠습니다."

승우는 간부들의 양해를 구하고 차 수사관을 불러올렸다. 그런 다음 그가 가져온 자료 노트북을 켰다. 화면에는 아침에 발견된 사체 유골이 떠올랐다.

"이게 이유입니다."

승우가 말하자 간부들은 미간을 찡그렸다. 그들 역시 해골이 뒤틀린 사체를 알아본 것이다.

"그리고 이 화면."

승우가 화면을 바꾸었다. 이번에는 이강순의 사체 화면이 나왔다. 승우는 그 두 화면을 하나로 띄워 비교가 쉽도록 해 주었다.

"……!"

강력사건 지휘 경험이 풍부한 박 부장이 제일 먼저 반응했다.

"이 사건, 어쩌면 제가 역부족일 수도 있다는 점 잘 알고 있습니다. 사체 네 구가 두 구만 살해 유형이 비슷하고 나머지는 제각각이니까요. 하지만 제가 사건 현장을 지휘했습니다. 초동수사와 현장의 중요성, 누구보다 박 부장님이 잘 아시리라 믿습니다만."

승우는 동의를 구하기 위해 박 부장을 바라보았다. 박 부장의 고개가 천천히 끄덕여졌다.

"나아가 이 두 희생자."

승우는 화면을 짚으며 설명을 이어갔다.

"지난번에 제가 맡은 이강순의 사체와 유사한 점이 있습니다. 그때 국과수의 부검 결과에도 나왔지만 이런 살인은 현대 과학적으로 있을 수 없다고 했거든요."

"그럼 또 무속적 살인이란 말인가?"

듣고 있던 양 부장이 딴죽을 걸고 나왔다.

"그렇다고 하지는 않았습니다만……."

승우는 단칼에 입장을 정리했다.

"계속하게!"

다행히 박 부장이 상황을 진행시켰다. 양 부장은 큼 하고 기침을 삼키며 눈매를 곤두세웠다.

"유사성이 있는 사체, 그렇다면 지난번 제 수사 경험이 이 사건 해결에 도움이 되리라 생각합니다. 그러니 이 사건은 제가 맡는 게 타당하다고 봅니다만……."

승우는 눈길을 꼿꼿하게 세웠다.

이 사건은 승우로부터 비롯되었다. 민민의 도움으로 악령까지 만났다. 그러니 누구에게도 넘겨줄 수 없었다. 이건 현대 과학으로 접근해서는 안 되는 사건이었다.

"이봐, 송 검사!"

양 부장이 목에 힘을 주고 나섰다. 여고생 자살 사건이 살인 사건으로 변한 이후로 노골적인 반감을 드러내고 있는 양 부장이다. 자존심이 상한 그. 그러니 이참에 승우를 눌러 버리려는 의도가 다분히 엿보였다.

"듣고 보니 일리가 있군요."

하지만 다행히 박 부장이 승우를 지지하고 나섰다.

"박 부장!"

"틀린 말 아니잖아? 얘기 들어보니 송 검사가 요즘 일취월장하고 있는 것 같던데 맡겨두고 어려운 일 생기면 우리가 지원하면 되는 거 아니겠어? 잘하면 우리 청에 김혁 말고 스타가 또 하나 탄생하는 거고."

"아니, 그걸 말이라고 하나? 자그마치 네 명이 죽은 사건이야!"

양 부장이 목청을 높였다.

"우리도 한때는 말이 안 되는 일천한 경험으로 사건 맡았어. 그리고 이 자리까지 왔잖아? 안 하겠다는 것도 아니고 저 힘든 일을 굳이 하겠다는데 막을 일이 뭐 있나?"

박 부장이 소신을 펼치자 양 부장은 더 말하지 못했다. 지검장은 분위기만 관망하고 있었다. 세 부장이 어떻게 입장 정리를 하려나 지켜보는 것이다.

"내 생각도 같아. 솔직히 그동안 송 검사 이미지가 별로였지만 최근에는 완전히 달라졌거든. 말하자면 전성기가 도래한 거지. 혹시 수사 인력이 달리면 이승준 사건 인계 끝나는 대로 김혁을 지원조로 투입할 테니까 믿어보자고."

오 부장이 쐐기를 박으면서 논쟁은 일단락되었다.

"후회하실 겁니다."

양 부장은 끝까지 딴죽을 걸고 나갔다.

"저 양반, 여대생 살인 사건은 범인 윤곽도 못 잡고 헤매고는……."

양 부장의 뒤를 보며 박 부장이 혀를 찼다.

"가봐. 바쁘잖아?"

상황이 정리되자 오 부장이 승우에게 눈짓을 보냈다. 편치 않은 자리에서 나갈 구실을 만들어준 것이다.

"들어가시죠."

사체 안치 장소에 다다르자 차도형이 안쪽을 가리켰다. 수사관들의 태도도 변했다. 이제는 승우의 명령이 제대로 서고 있었다.

'냄새……'

느껴졌다. 벽 너머에서 풍겨 나오는 냄새. 역겹다거나 그런 것은 아니지만 그것은 분명 평소에 작용하던 후각과는 달랐다. 오감 뒤의 또 하나의 감. 죽음을 감지하는 감각이 바짝 솟는 것이다.

"검사님?"

승우가 냄새에 집중하자 문을 열고 있던 차도형이 주의를 환기시켰다.

"응? 응."

승우는 안으로 발을 옮겼다. 사체들은 발견된 차례대로 정중히 수습되어 있었다.

토막 사체 1, 산나물 아줌마 사체, 토막 사체 2, 사체 3.

쌔에에!

소리가 온몸으로 느껴졌다. 마치 벽을 긁는 듯한, 혹은 바람을 쥐어짜는 듯한. 승우는 차도형을 바라보았다. 영문을 모르는 차도형이 어깨를 으쓱해 보였다. 그는 느끼지 못하는 모양이다.

쌔에에!

소리는 점차 멀어져 갔다.

네 개의 사체.

공통점은 나름 많았다. 우선 사망 시간이 오래 경과되어 거의 뼈만 남았다는 것. 유기된 장소에 따라 미라처럼 살점이 말라붙은 조각도 있지만 대체로 대동소이했다.

살이 전부 부패했으므로 지문이 없는 건 당연했다. 나아가 전부 여자이다.

토막 사체 1과 2는 뼈만 보아도 참혹했다. 어떻게 인간의 탈을 쓰고 이럴 수 있을까? 그에 비하면 산나물 아줌마의 사체는 깨끗한 편에 속했다.

승우의 시선이 마지막 사체로 향했다. 실험실의 표본처럼 거의 백골만 남은 희생자, 아니, 정확히 말하면 백골 주변으로 긴 머리카락이 무성했다. 머리카락은 풍화가 되어도 검다. 그 검은색이 바랜 해골의 누런빛을 더 대비시켰다. 기묘하게 오감을 뒤트는 배색이다.

'머리……'

승우는 머리에 집중했다. 뒤틀렸다. 이강순만큼은 아니지만 뒤틀린 흔적이 분명했다. 자세히 보니 해골만 그런 건 아니었다. 늑골과 팔다리의 긴뼈들에서 약간의 휨 현상이 느껴졌다.

'세 사람을 죽인 범인이 하나라면 왜 한 구만 이렇게……'

무속 살인처럼.

승우는 내심 중얼거렸다.

"이 사람 신변 조사 보강된 거 있어?"

시선을 유골에 둔 채 차도형에게 물었다.

"예, 조금."

"머리 말이야. 어때? 태생이 기형이거나 수술을 받았다거나……."

"친척들에게 확인했는데 그런 건 없답니다."

"팔다리 휜 건… 혹시 안짱다리 같은 건……."

"그것도 아니랍니다. 멀쩡하고 늘씬한 아가씨였다고."

늘씬, 그 단어가 허망하게 느껴졌다. 죽 늘어놓은 유골 중
에서도 눈에 띄게 길음직한 네 번째 사체. 하지만 죽고 난 다
음에 늘씬한 몸이 무슨 소용이란 말인가?

"국과수 가야지?"

"예, 영장이 곧 떨어질 것 같습니다."

"판사 누구야?"

"배기호 판사님."

"내 얘기 했겠군."

"……."

"말해봐. 괜찮으니까."

"검찰에 인물 다 죽었냐고……."

"차 수사관 생각도 그래?"

승우가 슬쩍 돌아보았다.

"옛날 같으면 그랬겠죠."

"지금은?"

"지금은 어떤 새끼가 검사님 씹으면 죽통을 날려 버릴 겁니
다."

단호한 차도형의 말에 승우는 콧등이 짠해졌다. 하지만 내색하지 않았다.

"땡큐! 가봐."

승우는 차도형의 어깨를 쳐 주었다.

차도형이 나가자 사체안치실에는 승우 혼자 남았다. 우두커니 유골을 바라보았다. 대화를 하느라 잊고 있던 주검의 냄새가 지옥화(地獄花)처럼 피어올랐다.

'민민.'

승우는 민민에게 눈을 돌렸다.

민민은 여전히 반응이 없었다. 아주 잘못된 건 아닌 듯하지만 움직이지를 않았다. 승우는 자신의 영기를 모아 민민에게 밀어 넣었다.

'그래, 단서 같은 건 안 줘도 좋으니까 정신만 차려라.'

진심이다.

하르르!

민민의 빛이 영기를 흡수했다.

하르르!

승우는 몇 번 더 영기를 보태주었다.

'후!'

쉬운 일은 아니었다. 마치 배터리의 일부를 내준 듯 바닥에서 올라오는 피로감이 느껴졌다. 그때 손이 하나 다가와 승우의 어깨를 짚었다.

"……?"

돌아보니 조기호였다.

"조 검사!"

"천하의 송 선배님도 놀라십니까?"

"그럼 나는 뭐 사람 아니야?"

"아니죠."

조기호가 정색을 하며 대답했다. 그의 눈빛은 불투명했다. 불만이 있는 것이다.

"사적인 거면 나중에 하자고."

"진짜 이러실 겁니까?"

"뭐가?"

"선배님이 언제부터 살인 전담 수사검사입니까?"

"조기호!"

"잠깐 좀 봐요."

조기호가 돌아섰다. 하지만 승우는 따라가지 않았다. 조기호가 문 앞에서 승우를 돌아보았다.

'하긴 너한테도 선을 그어야겠지.'

승우는 멈췄던 발길을 천천히 옮겼다.

"드세요."

자가용 앞에서 조기호가 한약 봉지를 내밀었다.

"뭐야?"

"몸에 좋은 거니까 마셔두세요. 산양삼이니 그런 거 아니고 태백산 진짜 자연산삼으로 만든 겁니다."

"스폰서 협찬?"

"선배님."

"나 이런 거 끊었으니까 조 검사나 마셔."

승우가 봉지를 밀었다.

"진짜 왜 이러는 겁니까? 멤버십 탈퇴입니까?"

"멤버십?"

거기까지는 응수했지만 다음 말은 붙일 수 없었다.

멤버십!

그건 애당초 승우가 한 말이다. 그리고 조기호와 남상철을 끌어들였다. 남상철 검사, 물론 조기호만큼 우수(?) 열혈 멤버는 아니었다.

"국 차장님 만났습니다."

조기호가 다시 한약 봉지를 밀었다.

"그걸 왜 나한테 얘기하는데?"

"아니면 누구한테 얘기합니까? 우리 멤버 고문님이시잖아요?"

"다 옛날 얘기야."

승우는 한약을 쪽 빨아 마셨다. 선을 긋는다지만 약 한 봉지 가지고 평풍을 할 필요는 없을 것 같았다.

"저한테 특명을 내렸습니다. 선배님의 변심 이유를 알아오라고."

"그건 내가 이미 말씀드렸어."

"믿을 수 없다더군요."

"조 검사는?"

"저도 마찬가지죠. 권 회장이 전화했는데… 협찬하러 갔다가 개망신을 당했다고 하대요. 그게 말이 됩니까?"

"눈치 없이 직원들 회식하는데 끼어들었어."

"그럴 때 끼어들어 체면 좀 세워달라고 종용한 게 선배님 아닙니까?"

"조 검사!"

듣고 있던 승우가 목소리에 슬쩍 힘을 주었다.

"아무튼 이유나 말해주세요. 국 차장님을 떠나 내가 다 혼란스럽습니다. 어떨 때는 선배님한테 귀신이 씐 것도 같고."

"빙의?"

"아, 진짜!"

"나 빙의 맞아."

승우의 목소리가 진지해졌다.

"선배님."

"그동안 살짝 개차반으로 살았잖아? 그래서 제대로 정신 박힌 검사의 혼이 빙의된 거야. 뭐 그동안 방탕했으니 그 벌 받는 거지. 빡세게 굴러봐라."

"그걸 믿으라고요?"

"보면 답 나오잖아? 요 얼마 동안 내가 하는 짓들."

"그래서 일벌레가 되시겠다? 이런 연쇄살인을 자처해서 맡고 남의 사건까지 도와주는 노가다도 마다 않으면서?"

"그게 검사가 할 일이잖아?"

"선배님!"

"조 검사!"

튀어 오르는 조기호의 목청을 승우가 막아섰다. 심상치 않은 눈빛을 감지한 조기호가 잠시 주춤거렸다. 승우는 목청을 가다듬고 말을 이어갔다.

"사실 조 검사도 처음에는 그런 검사 원했잖아? 내가 그 꿈을 왜곡시켜서 그렇지."

"……?"

"그때 말이야, 내가 조 검사 신임 때 술 왕창 먹여 취해서 횡설수설하는 거 다 들었거든. 국민의 신뢰를 받는 검사가 되고 싶다는 말."

"……."

"그런데 아가씨 두 명, 쓰리썸 한 방에 훅 갔지? 그 뒤로는 권력의 달콤한 향유에……."

"선배님!"

"한 가지 분명히 밝혀두는데 말이야, 나 이 빙의 오래갈 거 같아. 그러니까 조 검사도 빙의 한번 되어보라고. 이거 생각보다 괜찮아."

"……."

"됐어?"

"아, 진짜 속 터지네."

"그럼 그 한약 한 봉지 더 마시고 수색 현장에나 나가 봐. 빠라들이 찔러준 돈 남았으면 음료수라도 몇 박스 사가지고 말이야. 경찰관들이 좋아할 거야."

"선배님."

"또 국 차장님 만나거든 잘 전해주고. 송승우 그 인간은 제대로 빙의가 되어서 지난 일은 다 잊었으니 걱정하지 말라고."

승우는 조기호의 어깨를 쳐 주곤 돌아섰다.

기분이 좋았다. 또 하나의 치부를 벗어던진 기분이다. 그 눈에 승우의 자가용이 들어왔다.

'그러고 보니 저것도 치부지?'

열렬한 빠라 하나가 할부를 대신 내주고 있는 세단. 생각난 김에 돌려주기로 했다. 승우는 사무실로 걸음을 옮기며 통화를 했다.

"나 송 검사인데요, 차 잘 썼고요, 렌트 그만할 테니 가져가시기 바랍니다."

선을 긋는 승우의 목소리는 경쾌했다.

사무실은 폭격 맞은 곳과도 같았다.

토막 사체 발견이 실시간으로 보도되면서 전화통에 불이 났다. 대체 어떻게 직통 전화번호를 알았는지 신기할 지경이다.

—우리 딸이 2년 전에 집을 나갔는데 혹시……

—언놈과 눈 맞아 가출한 우리 와이프 년일지도 모릅니다.

내용은 대동소이했다. 2년 전을 기점으로 연락이 닿지 않는 젊은 여자들의 소재와 관련된 신고 전화였다.

"권 수사관."

사무실로 돌아온 승우는 권오길의 통화가 끝나기를 기다린 다음 호출했다.

"예, 검사님!"

"현장 보고 없어?"

"유류품 몇 개 발견했다는데 크게 유의점은 없습니다. 일단 국과수로 보냈고요."

"유의점이 없다?"

승우는 등 뒤에서 참견하는 소리에 고개를 돌렸다.

"계장님!"

권오길이 소리쳤다. 문에는 유 계장이 출근 복장으로 서 있었다.

"유 계장님!"

승우도 놀라지 않을 수 없었다. 아직 출근할 날이 아니기 때문이다.

"퇴원했습니까?"

승우가 물었다.

"퇴원이 아니고 출근인데요?"

유 계장은 자기 책상으로 걸어가 의자를 당겼다.

"어이구, 이거 먼지 봐라. 진짜 내 책상 뺄 생각이었나?"

그러면서 너스레를 떠는 유완모.

"진짜 출근하신 겁니까?"

이번에는 권오길이 물었다.

"아니면? 송 검사님이 초대형 사건을 맡았다는데 권 수사관 너 같으면 두 발 뻗고 있겠냐? 이거까지 나 없이 해결하면 진짜 책상 뺄 판에."

"아, 진짜 출근하신 거면 대박이네요. 그렇잖아도 눈코 뜰 새 없는 판인데."

"그럼 눈코 제대로 뜨고 사건 개요나 한 부 나한테 전송하세요."

"그건 제가 할게요."

유 계장의 지시는 나수미가 받았다.

"몸은 괜찮은 겁니까?"

승우가 물었다.

"보시다시피. 검사 결과도 대충 정상치에 가깝고."

"그럼 환영합니다."

승우가 손을 내밀었다.

"흐음, 어째 한번 제대로 굴러보라는 말 같지 말입니다."

유 계장이 손을 잡으며 웃었다.

"그보다 사촌동생이 중고차 딜러 한댔죠? 저한테 쓸 만한 중고차나 한 대 굴러 보내라고 하세요."

"또 사고 냈습니까?"

"냈죠. 초대형 사고."

"……?"

승우가 대답하자 유 계장은 권오길을 바라보았다.

"저도 모릅니다. 요즘 송 검사님 모를 일이 어디 한두 가지인가요?"

권오길은 어깨를 으쓱해 보였다.

"알았으니까 이거 보고서나 보강해."

그새 보고서 검토를 마친 유 계장이 화면을 두드렸다.

"왜요?"

"피살자들 유류품 조사 제대로 안 했잖아? 옷가지 탈탈 털어서 발견지 이외의 장소에서 묻은 게 있는지 확인해야지. 주변 상황, 조건, 발견 당시의 날씨까지."

"아차!"

권오길이 뒷목을 짚었다.

그걸 보는 승우의 눈가에 듬직한 신뢰가 스쳐 갔다.

소지품에 묻은 흔적, 그 또한 중요한 단서가 될 수 있었다. 크게는 범인의 정액이나 머리카락 같은 게 붙어 있을 수도 있고, 혹은 살해당한 곳의 흔적이 묻어 있을 수도 있었다. 예를 들면 그곳의 흙이나 풀, 혹은 물가라면 물 성분 같은.

"뭐가 아차야? 그리고 치아 상태 확인이 빠졌어. 이렇게 허술하게 하면 범인 못 잡아!"

유 계장의 닦달이 이어졌다.

"목격자는?"

"아직 안 나왔습니다."

권오길이 대답했다.

"다 하셨습니까?"

묵묵히 지켜보던 승우는 유 계장의 폭풍이 잠잠해지자 말을 건넸다.

"왜요? 지시 사항 있습니까?"

"좀 앉으세요."

승우는 테이블 앞자리를 권했다. 그런 다음 수사 방향을 알려주었다.

"범인 윤곽은 좀 잡힙니까?"

승우가 물었다.

"잠깐 살펴본 바로는 동일범은 아닙니다."

유 계장은 역시 제대로 진단하고 있었다.

"이유는요?"

"우선 살해 방법이 아주 다르지 않습니까? 둘은 토막, 하나
는 물리적 압력, 또 하나는……."

"……."

"잘하면 범인은 각기 다른 세 명까지도 가능하겠군요. 아니
면 공범이 세 명이든지."

셋!

사체만 놓고 본다면 그 추리도 나쁘지 않았다. 범행 수법이
달랐기 때문이다. 하지만 승우가 악령에게 들은 건 붉은 장미
문신의 남자, 거기에 산나물 아줌마는 악령에 의해 죽었으니
범인은 하나로 보는 게 옳았다.

"아무튼 제보는 40대 남자 한 명으로 들어왔습니다."

승우가 선을 그었다.

"장미 문신의 40대 말이군요."

"기왕 나오셨으니 문신 전과자들 심문하고 인근 불량배들
을 중심으로 한 수사를 맡아주세요. 필요하면 관할 경찰에 협

조 요청하고."

"권 수사관, 이거 동종 전과자 리스트 뽑아놨나?"

유 계장의 시선이 권오길에게 옮겨갔다.

"예입, 컴퓨터로 넣어드리죠."

"그럼 아직 소환 대상자도 안 추린 거야?"

"아닙니다. 옵션에 맞춰서 추렸고요, 지금 차 수사관님이 진두지휘해서 소환해 오고 있습니다."

"조사실 배정은?"

"그게… 다른 검사실 건 때문에 충분히 배정받지 못했습니다."

"지금 장난해? 초대형 사고가 우선이지. 그건 내가 해결할 테니까 전국 경찰에 계류 중이거나 수사 중인 미제 사건들 연관성 뽑아서 공통점 있나 살펴 봐."

일사천리. 유 계장의 업무 스타일이다. 지검에서 잔뼈가 굵은 데다 상하 관계가 원만하고 업무 추진력이 뛰어나 두루 통하지 않는 곳이 없는 사람이다.

"그나저나 제보자는 누구입니까? 신원 나왔습니까?"

권오길을 닦달한 유 계장, 결국에는 승우가 대답 못 할 질문까지 던지고 말았다.

"익명입니다."

"익명이요?"

"그렇게만 아세요. 나도 더는 아는 게 없으니까요."

"익명의 제보인데 토막 사체가 나왔다?"

"예."

"그럼 장미 문신 단서도 제보자가 준 겁니까?"

"그렇습니다."

"흐음, 그럼 이거 목격자가 있는 범행 같은데요. 그러니까 말 못 할 사정이 있어 익명으로……."

"혹시 이번에도 검사님 촉이 제대로 선 거 아닐까요?"

공문 자판을 두드리던 권오길이 돌아보았다.

"촉?"

"예, 저번 박수무당 사건도 완전 미궁이었는데 검사님이 신들린 듯 단서를 잡아냈다니까요."

유 계장의 말에 권오길이 대답했다.

"게다가 마지막 사체, 이강순 사체하고 살해 방법이 비슷한 점도 있고."

권오길이 중얼거리며 승우를 바라보았다. 이번에도 뭔가 기대를 거는 눈빛이다.

"그럼 정신병원에 간 우병길을 불러야겠군."

그 눈빛을 피하려 승우가 웃을 때 차도형이 들어섰다.

"어, 유 계장님!"

"인사는 나중에 하고 보고할 거 있으면 먼저 보고드려."

눈치 빠른 유 계장은 공사를 분명히 했다.

"아, 예. 장미 문신 전과자들이 도착했습니다."

"가자구!"

승우가 일어섰다.

유 계장은 바로 조사실을 확보했다. 병가로 입원하고 나온 사람 같지 않았다. 두어 군데서 난색을 표하자 아예 담당검사와 담판까지 벌였다.

그 사이에 승우는 조사 대상자들을 과감하게 추려냈다.

장미 문신의 40대.

사건이 밝혀진 건 여름에서 초겨울. 승우는 여름 날씨에 주목했다. 여름이라면 목과 팔, 심하면 다리까지 노출이 가능하다. 그러므로 목과 가슴팍, 팔의 문신에 중점을 두었다. 해당되지 않는 문신, 즉 엉덩이와 배에 문신을 한 사람들은 간단한 조사만 마치고 돌려보냈다.

그러나 성과가 나오지 않았다. 현재 확보된 단서는 단 두 개. 그것만으로 범죄를 추궁하는 데는 한계가 있었다.

혐의 없음.

의심 가는 사항 없음.

여기저기 조사실 문이 열리며 피조사자들이 나왔다. 직접 조사에 참여한 승우와 유 계장, 기타 수사관과 지원받은 수사관들 역시 일제히 고개를 저었다 마지막으로 세 번째 소환자를 데리고 들어갔던 차도형이 씩씩거리며 복도로 나왔다.

"아, 이쪽 새끼들은 더럽게 협조 안 하는데요? 문신 좀 확인 하자니까 옷도 못 벗겠답니다."

차도형이 맡은 소환자들은 조폭 전과자들이었다.

"어느 파야?"

유 계장이 물었다.

"날범파입니다. 자기들하고는 상관없다고 배 째라 아닙니 까? 뭐? 문신 보려면 탈의 영장을 가져오라고? 어디서 주워들 은 건 있어가지고."

"내가 들어가 보지."

승우가 나섰다.

"검사님이 직접이요?"

차도형이 고개를 들었지만 승우는 벌써 조사실 문을 열고 있었다.

"에이, 시간 낭비일 텐데. 저는 가서 저 새끼들 구린 데 있 나 좀 확인하고 오겠습니다. 이따위로 나오면 아킬레스건을 좀 찔러야……."

"잠깐 기다려 봐."

유 계장이 돌아서는 차도형을 잡으며 말을 이었다.

"검사님 한번 지켜보자고."

"계장님……."

"왜? 전처럼 우격다짐으로 평지풍파 일으킬까 봐?"

"그건 아니지만……."

"나도 궁금해서 그래. 우리 검사님 어떻게 변한 건지."

"뭐, 그러죠."

차도형은 어깨를 으쓱해 보이며 유 계장의 말에 따랐다.

전문 조폭.

전문 비리 검사 승우.

어쩐지 묘한 뉘앙스가 뒤엉켜 버렸다.

조사실에 들어온 승우는 조폭 소환자를 우묵하게 바라보았다. 상대도 검사의 위세를 느꼈는지 날 선 눈빛이 외면과 냉소로 바뀌었다.

"상의 벗어봐."

승우가 말했다.

"……."

"영장 제시하랬다고?"

"……."

"너 날범파 맞아?"

"……."

"010-8444에……."

승우는 전화번호 하나를 단숨에 불러주었다.

"영장 제시 운운하는 거 보니까 똘팍은 아닌 거 같고, 전화 걸어서 나 바꿔라."

승우는 테이블에 엉덩이 한쪽을 걸치며 핸드폰을 내줬다.

"……."

"안 걸어?"

조폭은 마지못해 전화기를 집었다. 하지만 번호는 다 누르지 못했다. 몇 자리를 누르다가 그게 누구 번호인지를 알아낸 것이다. 그 번호는 바로 날범파 보스 계용국의 번호였다. 조폭은 당황하는 기색이 역력했다.

"날범파 행동대장?"

"……."

"그럼 계용국이한테 그런 말 들었겠지. 지검에 웬 또라이 검사 새끼가 하나 있는데 다행히 지가 꽉 구워삶았다고. 사실은 그 검사 앞에서는 개처럼 기며 협찬하면서 말이야."

"……."

조폭의 표정이 굳어갔다. 아무래도 심상치 않은 것이다.

"그게 바로 나야."

"……!"

콰앙!

벼르던 한마디가 조폭의 심장을 관통하고 지나갔다.

"벗을래, 아니면 계용국이 불러서 직접 벗겨달라고 할까?"

"벗, 벗겠습니다!"

조폭이 용수철처럼 발딱 일어섰다. 그리고 채 10초도 되지 않아 상의를 벗어젖혔다.

"죄송합니다. 형님에게는 폐를 끼치지 말아주십시오!"

조폭은 부동자세로 매우 절도 있게 목소리를 쏟아냈다.

의리!

아름답지는 않지만 그들은 그게 있었다. 특히 윗선을 거론하면서 압박하면 바로 반응한다. 나름 위계질서가 확실한 곳이기 때문이다.

참관실에서 그걸 지켜보던 유 계장과 차도형의 입이 쩍 벌어졌다.

이보다 단칼이 어디 있단 말인가? 그동안 삐딱선을 제대로 타던 승우. 그 삐딱선을 타던 때 쌓인 것들을 자산으로 활용하고 있었다.

하지만 결과는 별로였다. 조폭은 그 시기에 교도소에 있었다. 더구나 그는 폭력전과자이지 살인이나 강간 전과는 없던 것. 나머지 조폭 패거리 역시 유익한 단서와는 거리가 멀었다.

"계용국이 만나면 전해라. 내가 그러는데, 다시는 내 앞에서 알짱거리지 않아도 된다고."

승우는 그 말을 남겨주고 조사실을 나왔다.

이제 남은 소환자는 한 명. 그건 승우와 유 계장, 차도형이 함께 조사하기로 했다.

"이 자식은 성폭행 전과네?"

전과 조회 서류를 보던 차도형이 고개를 들었다. 반반한 얼굴의 스물두 살 젊은이. 그 팔뚝에서 등을 타고 활짝 피어난 장미 문신. 하지만 장미가 부끄럽게도 별을 세 개나 달고 있었고 다리에는 전자발찌까지 차고 있었다.

그 역시 이번 사건과 비추어 특별한 혐의는 없었다. 그런데 지나치게 달달 떨고 있는 게 눈길을 끌었다.

"죽였냐?"

차도형이 넌지시 떡밥을 던졌다. 유도심문이다.

문신은 고개를 저었다. 축 늘어진 그의 시선은 마지막으로 발견된 여자 문신사의 사진에 박혀 있었다.

"너 이 여자한테 사고 쳤지? 건드렸냐?"

차도형이 묻자 또 고개를 젓는 문신.

"그런데 왜 떠느냐고, 새꺄. 그 나이에 중풍이라도 걸렸어?"

"그게 아니고……."

"아, 이 자식 진짜……."

짜증이 치민 차도형이 인상을 찡그렸다. 문신은 차도형의 눈치를 보더니 조심스레 입을 열었다.

"그 여자 언제 죽은 거예요?"

"대략 2년 전으로 보고 있다. 왜? 뭐 아는 거 있어?"

차도형이 인상을 구기며 다그쳤다.

"내가 죽인 건 아니에요. 그냥요."

"뭐야? 그냥?"

발끈한 차도형이 손을 치켜들었다. 그러자 문신이 자지러지며 대답했다.

"안 죽였다니까요. 그냥 내 문신 새겨준 여자라고요."

"……?"

옆에 서 있던 승우와 유 계장이 흠칫 숨을 멈췄다.

"아는 사이야?"

거기서 승우가 나섰다.

"대답해, 시키야! 우리 검사님이 물으시잖아?"

차도형은 바로 문신을 닦아세우며 분위기를 끌어올렸다.

"조금요."

"그런데 왜 떨어? 죽은 여자 귀신이 네 문신에 붙을까 봐 그러냐?"

차도형은 계속 닦달했다.

"그게 아니고… 그때 좆같은 말을 했는데 갑자기 그게 생각이 나서……."

"좆같은? 이 새끼가 지금 여기가 어딘 줄 알고."

다시 치켜든 차도형의 손은 승우가 잡아 세웠다.

"계속해 봐."

차도형을 진정시킨 승우가 말했다.

"2년 전 봄에 내 장미 문신 새겨줄 때 그랬어요. 누구 장미 문신을 새겨줬는데 그 사람이 특별한 염료를 준비했으니 색을 바꿔 달라는 부탁을 하며 거액을 약속했다고. 돈 많이 받으면 일본 가서 한 3년 공부하다 온다고. 그런데 날짜 맞춰보니 그 직후에 죽은 거잖아요."

"차 수사관!"

승우와 유 계장이 거의 동시에 입이 열렸다.

"당장 고혜정 집으로 가서 유품 좀 조사해 봐. 문신 고객 수첩 같은 게 있을지 몰라."

다음 말까지도 비슷하게 나왔다. 차도형은 자판을 밀쳐 두고 복도로 뛰어나갔다.

"검사님!"

약간의 간격을 두고 권오길이 뛰어들어 왔다.

"뭐야?"

"경찰에서 연락이 왔는데 세 피해자 중에 한 여자의 신원이 밝혀졌답니다."

"……?"

신원! 평상시에는 크게 신경 쓰지 않는 말이지만 수사에 있어서는 아주 중요한 일이다. 살인범을 파악하는 것도 그렇지만 피해자도 파악해야 한다. 그래야 주변 조사가 정밀하게 이루어진다.

더구나 이번 사건처럼 오랜 시간이 흘러 발견된 유골이라면 더욱 그렇다.

지문은 없다. 몸의 특징도 없다.

부패하지 않았다면 신체를 특정할 수 있는 것이 제법 많다. 점이 그렇고, 머리카락이 그렇고, 문신이나 수술 흉터 같은 것도 그렇다. 나아가 치아 치료나 임플란트, 금니에서부터 심지어는 발의 무좀까지도 신원을 밝히는 데 도움이 된다.

하지만 외관이 다 녹아버린 유골만 나온다면, 유골에 수술 자국도 없고 치아에도 별다른 흔적이 없다면 범인 검거는 고사하고 신원을 밝히는 것도 하늘의 별 따기가 될 수 있었다.

"보호자가 왔습니다."

승우의 지시를 받은 경찰은 바로 피해자의 어머니를 지검으로 데려왔다. 그리고 반갑지 않은 말을 전했다.

"경찰을 불신하고 있어서 말을 잘 안 하십니다."

불신이란다.

어째서 그렇지 않을까? 이미 2년여 전에 행방불명된 딸. 그동안 실종신고를 하고 경찰에 수차례 수사 확대를 독촉하던 차에 딸은 결국 참혹한 뼈가 되어 돌아왔다.

"제가 맡겠습니다."

그 조사는 유 계장이 자처했다. 유 계장의 노련함이 필요한 시점. 승우는 그에게 조사를 맡기고 참관실에서 지켜보았다.

유 계장, 그가 괜찮은 수사관이라는 건 잘 알고 있다. 우선 인성이 그랬다. 승우가 306호실을 차지했을 때다. 비리 검사로 잘나가고 있을 때다. 승우는 잘나갔지만 그 아래 수사관들은 학을 떼고 있었다.

걸핏하면 재수사를 지시하지 않나, 애써 확보한 증거에 딴죽을 걸질 않나, 승우에게 당한 경찰들도 그렇지만 그 실무를 관장하는 수사관들 또한 죽을 지경이었다.

덕분에 계장들도 승우와 일하는 걸 꺼렸다. 어쩌다 부서 이동이 되면 제일 먼저 체크하는 게 306호이었다. 만약 306호실에 배정이 되면 그들은 모든 수단을 동원해 다른 방으로의 이동을 원했다.

그래서 업무를 지원할 계장이 없을 때 유 계장이 자원해왔다.

뜻밖이었다. 다들 맡길 꺼리는 306호 검사의 뒤치다꺼리, 그걸 자원한 것이다.

그렇다고 승우는 단 한 번도 살갑게 그를 대한 적이 없었다. 고맙지도 않았다. 승우에게 있어 유 계장은 다루기 거북한 부하일 뿐이었다.

따라서 일방적인 지시나 내릴 뿐 어쩌다 그가 항의를 겸한 의견을 제시해 오면 권오길이나 차도형을 쪼아 간접적으로 거절할 뿐이지 특별한 관심도 두지 않았다.

그래도 그는 묵묵히 승우의 뒤치다꺼리를 해냈다. 말썽이 생긴 일들을 앞장서 수습하고 수사경찰과 승우의 트러블도 많이 조정해 주었다.

"앉으시죠."

유 계장은 소탈하게 피해자의 어머니를 대했다. 검찰이 아니라 상담자나 위로자의 모습 같기도 했다. 승우는 유 계장을 주목했다. 그의 행동 하나, 그의 말투 하나하나를.

"우선 심심한 유감의 뜻을 전합니다. 사고를 미연에 막지 못해서……"

"……."

"닦으시죠."

유 계장이 티슈를 내밀었다. 피해자의 어머니가 울고 있기 때문이다.

"따님의 살인범은 저희가 꼭 잡아내겠습니다. 약속드립니다."

"……."

"저기… 검사님, 이리 잠깐 들어오시죠."

어머니가 눈물을 그치지 않자 유 계장이 참관실을 돌아보왔다.

딸깍!

문소리와 함께 승우가 들어섰다. 승우는 피해자 어머니를 향해 정중한 묵례를 올렸다.

"저희 검사님이십니다. 묻혀가는 사건의 사체를 직접 찾아내신 것도 검사님입니다. 누구보다 강력한 수사 의지를 가지고 범인을 추적하고 있으니 꼭 잡아주실 겁니다."

유 계장이 사심 없이 승우를 띄워주었다.

"흑!"

유 계장의 말이 끝나기도 전에 어머니가 승우를 당겨 안았다.

"아이고, 우리 은지, 우리 은지 어떡해요?"

은지.

네 구 중 한 구의 이름은 은지였다. 정은지, 스물두 살. 재수를 했고 대학 2학년 때 귀갓길에 실종. 지방에서 올라온 학생이라 어머니와 같이 사는 게 아니었기 때문에 실종된 지 보름이 지나서야 신고가 된 사건이다.

보름. 너무나 길었다.

그게 초동수사의 발목을 잡은 것이다.

"검사님, 꼭 잡아주세요. 그 짐승 같은 놈을 꼭 잡아서 우리 은지가 당한 만큼 돌려주세요."

어머니는 격렬하게 흐느꼈다. 승우는 얼떨결에 그녀를 안은 채 가만히 등을 토닥거렸다.

"검사님, 약속해 주세요. 약속해 주세요. 그래야 우리 은지가 눈을 감지요. 그놈은 인간이 아니잖아요?"

어머니의 눈물이 승우의 가슴팍을 흥건히 적셔댔다.

기분이 이상했다.

누군가에게 받는 신뢰, 그리고 기대. 그건 승우가 일찍이 살갑게 느끼지 못하던 일이다.

"약속… 합니다. 검찰의……."

승우는 어머니의 어깨를 잡으며 뒷말을 완성시켰다.

"명예를 걸고!"

검찰의 명예!

승우가 입에 올리지 않던 말이다. 검찰의 권위에는 익숙했지만 명예와는 거리가 멀었다.

"이제… 수사에 협조를 좀 해주시겠습니까? 그래야 범인을 하루라도 빨리 잡을 수 있거든요."

"해드리죠. 수사형사님들 볼 때는 부아가 치밀었는데 검사님 뵈니까 믿을 수 있을 것 같아요."

보호자에게서 긍정적인 시그널이 나왔다.

유 계장이 고개를 끄덕거렸다. 이제 됐으니 나가달라는 의미이다.

복도로 나온 승우는 참관실로 들어가지 않았다. 더 지켜볼 필요도 없었다. 시의적절하게 업무를 처리해 나가는 유 계장. 배울 것은 많았지만 서두른다고 한 번에 알 수 있는 일도 아니었다.

'이따 점심이나 한 그릇 쏴야겠군.'

할 일은 많지만 마음은 가뜬했다.

다다다다다!

이 말을 다 한문으로 바꾸어야 했다.

多多多多多!

보라. 얼마나 많은 것이 쌓여 있는 것처럼 보이는가?

승우가 그랬다.

일선 경찰에서 올라오는 보고!

제보 전화와 SNS!

실종자 파일 전면 재검토!

유사 사건과 전과자 검토!

게다가 윗선에 대한 일일 보고!

산더미처럼 쌓이는 서류는 혀를 내두르게 만들었다. 그래도 역시 유 계장이었다. 서류를 체계적으로 분류한 후 수사본부의 구성원들에게 차례차례 넘겼다. 일선 경찰서 수사진에도 지침과 가이드를 확실하게 주었다. 그건 그만이 할 수 있는 일이었다. 승우가 제아무리 의욕에 넘치고 사명감을 갖는다고 해도 디테일한 그 경험만은 아직 가질 수 없었다.

"검사님!"

실종자 파일을 살피고 있을 때 문신사의 집으로 갔던 차도형이 돌아왔다.

"어, 차 수사관. 뭐 좀 나왔어?"

승우가 물었다.

"수첩은 없고 업무일지 같은 메모가 있어서 빌려왔습니다."

"그쪽 가족들은?"

"난리죠, 뭐. 자주 연락하지는 않았지만 그렇게 죽었으니……."

"도움 될 만한 거 있나?"

"메모지에 쓰인 이름들, 실종신고 후에 통장이나 통화 등을 조사한 기록과 대조했는데……."

차도형이 수사 수첩을 꺼내 들었다.

"재미난 게 하나 나왔습니다."

"뭐야?"

승우가 한 발 다가섰다.

"길태곤이라고 아십니까?"

"길태곤?"

"그 왜 중앙서에서 올라온 여대생 살인 사건 말입니다. 거기 용의자로 소환되었던 사람입니다."

"양 부장님 건? 아, 그 양반 쪽은 놓고 가자고. 그렇잖아
도 검토할 일이 태산인데 혐의를 못 찾아 풀어준 사람까지
는……."

거기까지 말하던 승우가 미간을 격하게 찡그렸다.

'양 부장님 용의자?'

승우의 뇌리에 얼굴 하나가 스쳐 갔다.

티셔츠의 칼라를 바짝 세운 남자. 40대. 어쩐지 생소한 미
소……. 그리고 마지막 기억 하나가 승우의 뇌리를 칼날처럼
베고 지나갔다.

'칼라 위로 어른거린 붉디붉은 꽃잎 문신.'

꽃잎 문신?

"그 사람 자료도 올라와 있나?"

승우가 황급히 물었다.

"없습니다."

"왜?"

"전과자가 아니니까요."

정답이었다. 조건에 맞지 않는 사람이니 용의선상에 오를
리가 없었다.

"……?"

"그냥 말씀드린 겁니다. 여대생 여 자(字)만 나오면 다 연관

되는 거 같아서……."

"차 수사관."

승우의 시선이 옮겨갔다.

"에이, 아니라니까요. 제가 들어오면서 그 사건 검토한 이영우 만나봤는데 그 인간은 알리바이 확실하답니다."

"2년 전 알리바이도?"

"검사님?"

승우의 목소리가 단호해지자 차도형이 놀라 고개를 들었다.

"이영우 수사관 어디 있나? 지검 안에 있으면 당장 호출해!"

승우의 벽력같은 지시가 떨어졌다.

촉!

그게 온 것이다.

『빠라끌리또』 3권에 계속…

만상조 新무협 판타지 소설

천하제일이란 이름은 불변(不變)하지 않는다!

『광풍제월』

시천마(始天魔) 혁무원(赫撫源)에 의한 천마일통(天魔一統)!
그의 무시무시한 무공 앞에 구대문파는 멸문했고,
무림은 일통되었다.

"그는 너무나도 강했지.
그래서 우리는 패배했고, 이곳에 갇혔다."

천하제일이란 그림자에 가려져 있던 수많은 이인자들.

"만약⋯⋯."
"이인자들의 무공을 한데로 모은다면 어떨까?"
"시천마, 그놈을 엿 먹일 수도 있을 거야."

이들의 뜻을 이어받은 소년, 소하.
그의 무림 진출기가 시작된다.

Book Publishing CHUNGEORAM

유행이 아닌 자유추구 -
WWW.chungeoram.com

이경영 판타지 장편소설

FANTASY FRONTIER SPIRIT

그라니트

용들의 땅

GRANITE

사고로 위장된 사건에 의해 동료를 모두 잃고 서로를 만나게 된 '치프'와 '데스디아'.
사건의 이면에 상식을 벗어난 음모가 있음을 알게 된 둘은
동료들의 죽음을 가슴에 새긴 채 각자의 고향으로 돌아간다.
2년 후, 뜻하지 않게 다시 만난 두 사람은 동료들의 복수를 위해
개척용역회사 '그라니트 용역'을 설립해 다시금 그 땅을 찾게 되는데……

용들이 지배하는 땅 그라니트!
그곳에서 펼쳐지는 고대로부터 이어지는 운명적 만남,
깊어지는 오해, 그리고 채워지는 상처.

『가즈 나이트』시리즈 이경영 작가의 미래형 판타지 신작!

Book Publishing CHUNGEORAM

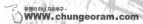

유행이 아닌 자유추구 -
WWW.chungeoram.com

FUSION FANTASTIC STORY

인기영 장편소설

리턴 레이드 헌터

Return Raid Hunter

하늘에 출현한 거대한 여인의 형상……
그것은 멸망의 전조였다.

『리턴 레이드 헌터』

창공을 메운 초거대 외계인들과
세상의 초인들이 격돌하는 그 순간.
인류의 패배와 함께 11년 전으로 회귀한 전율!

과연 그는, 세계의 멸망을 막을 수 있을 것인가.

**세계 멸망을 향한 카운트다운 속에서 피어나는
그의 전율스러운 이야기!**

Book Publishing CHUNGEORAM

유행이 아닌 자유추구 -
WWW.chungeoram.com